Después de Ti

Prólogo

Susana Abellán tenía por delante un día feliz, su cumpleaños.

— ¿Puede el tiempo pasar tan rápido?

— ¡40 tacos! ¡Por favor!—. Sonrió entristecida mientras presionaba el botón de encendido del lavavajillas.

Fernando, su hijo de 13 años, disfrutaba de una película en casa de su mejor amigo Juan. Oscar, su eterno marido, como siempre, atareado en su oficina. El trabajo, los compromisos y la falta de clientes eran las excusas más que habituales para llegar tarde al hogar. «Cariño no me esperes a cenar, tenemos la visita de unos chinos de China».

Susy amontonaba la pila de ropa sucia entre fuertes resoplidos. «¡Por supuesto! ¿De qué otro lugar pueden ser los chinos?» Estaba disgustada y melancólica a la vez, pero no podía recriminarle nada. Oscar no estaba con ella por temas de trabajo y esa es una razón más que comprensible. En el futuro ya existirían más cumpleaños y más oportunidades de festejarlo.

Se detuvo en mitad de la cocina pensando intrigada. «¿Cuántos cumpleaños llevamos juntos? ¿Cuántos años exactamente? ¿Dieciocho? ¡No, muchos más! Estamos juntos de toda la vida, como dice mi vecina Lucrecia». No tenía recuerdos antes de Oscar. Su adolescencia, su juventud y su actual madurez, todos los recuerdos fueron con y para él...

Muchos sacrificios y algunas lágrimas quedaron por el camino pero de eso trata la convivencia y el matrimonio, dar sin esperar, comprender y apoyar...

«Hija, la convivencia es ceder, perdonar y continuar. Otro de los grandes consejos de la sabia vecina Lucrecia de 84 años bien vividos». Susy sonrió sin entusiasmo, su matrimonio tenía luces y sombras ¿pero qué matrimonio no los tenía? Un día estás en la cima, mañana caes en el pozo más profundo, para pasado volver a resurgir como el ave fénix. Así era el matrimonio. En el caso de Susy, las cosas resultaron ser un tanto diferentes, el renacer resultó ser más bien como un gorrión al que le arrancaron las alas, pero con un hijo y demasiados años de matrimonio ¿qué más podría esperar? Perdonar y continuar, esas eran las sabias lecciones de vida sumamente bien aprendidas. «Lo que hacemos todas. Lo normal», pensó entristecida sacudiendo la cabeza mientras completaba la lavadora.

Su maternidad era normal. Su vida era normal y por supuesto su matrimonio era normal. Te levantas y preparas el desayuno, despides al niño con un beso mientras calientas agua para un café y tu marido se lo bebe a grandes sorbos y te grita desde el coche el día tan duro que le esperará. Sí, una vida completamente normal.

—Llegaré tarde. ¡No me esperes despierta! Hoy tengo un día…—Gritaba afanoso junto con el rugir de los motores del coche al que aún le quedaban tres plazos por terminar de hacerlo suyo.

Sí, una vida de lo más normal o por lo menos ese tipo de vida que la sociedad dice que las buenas mujeres deben afrontar.

— Muy…Muy…Normal…Puf— Resopló aburrida. «¿Cuándo he pasado de ser una joven con sueños a convertirme en una esposa rutinaria y aburrida?»

Atrás quedaron las aspiraciones y sus sueños de juventud. Todavía podía sentir como la adrenalina le erizaba la piel mientras caminaba por los pasillos de la multinacional en la que trabajó durante apenas dos años.

Por aquellos tiempos ocupaba un importante sitio en un equipo de profesionales que sonreían y elogiaban su trabajo. Aceptaba los halagos mientras recogía su maleta para el próximo viaje rumbo al éxito.

«¡Qué momentos!» Suspiró añorante. El rugir de la lavadora la despertó de antiguos sueños aún no olvidados y la retornó a la gris rutina de una vida asfixiante y desgraciadamente normal.

—Seré tonta… Ese tren de mujer luciendo taconazos, portátil y gafas Gucci recorriendo Europa ya no existen.

Las ilusiones de lo que pudo llegar a ser pero nunca fue sólo quedaban escondidos en un corazón que no se atrevía a hablar. Los sueños de mujer profesional independiente y autosuficiente se desvanecieron dejando sueños rotos y esperanzas truncadas.

—Maldito cumpleaños que me hace verlo todo en color negro y con aires de fracaso.

Sacudió con fuerza la ropa lista para ser colgada en el tendedero y se dispuso a continuar con sus quehaceres. Ella nunca hablaba con nadie sobre sueños olvidados y no comenzaría hoy. No era necesario. El pasado era pasado y como tal irremediable camino imposible de deshacer.

«Miles de mujeres pierden el trabajo por causa de un embarazo no deseado. No es justo pero la vida es así. De injusticias está completa la viña del señor... Uno de los dos debe quedarse en casa y en el noventa y nueve por ciento de los casos, es a las mujeres a quien nos toca recoger el muerto». Se dijo mientras pinchaba el último par de calzoncillos con un broche de madera.

—Conciliación familiar y laboral... Ja y mil veces Ja.

«Lo sentimos Susy pero embarazada no puedes llevar adelante el plan de negocio que tenemos proyectado y cuando nazca el niño…». Esas fueron las palabras de Ryan, director general del área internacional antes de darle la patada. Y sí, así y sin más, sus aspiraciones cayeron como globo desinflado. Sus obligaciones fueron decayendo hasta que un día ya no existía nada de trabajo por realizar.

La pobre embarazada simplemente dejó de estar cualificada y pasó a ser una apestada a la que se tenía abandonada en un rincón. Un mueble inservible y demasiado gordo para ser tenido en cuenta. «Debemos prescindir de tu trabajo. No te renovaremos. Tiempos de crisis». Mintió la asquerosa directora de recursos humanos con una falsa sonrisa de pena de quienes la compasión dista mucho de ser una realidad.

Susana sabía que trabajaría exactamente hasta el día que pudieran despedirla. Cualquier excusa aparentemente "legal" sería buena. Cómo si la vida fuera legal con las madres que trabajan fuera del hogar...

Pasaron unos meses hasta que nació Fernando, el bebé más bonito de todos. Él llenaba sus pensamientos y la totalidad de su tiempo. Los niños, cuando son bebés, reclaman mucho de su madre, eso es lo normal, después todo cambia. El tiempo pasó pero nada mejoró. Cuando es bebé tienes que protegerlo, de niño cuidarlo, de adolescente aconsejarlo y seguro en el futuro la esperaban muchos más problemas... En fin, que su futuro de libertad se convertía en un horizonte demasiado lejano de alcanzar. ¿Y el matrimonio? Qué se podía contar de aquello. Ese no era ningún campo de flores con pétalos de colores y aroma a rosas silvestres. Los primeros meses de convivencia no

6

estuvieron nada mal, jamás te cansas de hacer el amor. Todos los sitios son buenos para esos momentos de intenso ardor. Tu pareja te desea y tú lo necesitas. Habitación y baño, son lugares comunes en donde los recién casados dan rienda suelta a su furor; cocina y sofá, suelen significar un "te necesito ahora".

El mundo gira para poder contemplar vuestro amor y las mariposas son una maravillosa paleta de colores en el cielo, pero como todo, la rutina también llega a tu pequeño paraíso y el intenso ardor de tu pareja se convierte en un "estoy cansado", "mi jefe me tiene hasta las narices". Por no contar con los debo femeninos, debo lavar, debo planchar, debo cocinar...

Susy estaba fuera del mundo laboral pero agotada de su mundo conyugal. Todos los matrimonios no son igual de desastrosos pero eso no te consuela mucho cuando el tuyo sí lo es.

«¿Estado laboral? Si no trabaja marque una X en la casilla de: no hace nada. Me gustaría que ese impertinente de la oficina de empleo hiciera la mitad de lo que yo en un día normal».

Señora lleva años sin trabajar. Sin hacer nada. Es muy difícil reincorporarla. Maldita frase repetida una y otra vez.

—Lo sentimos pero necesitamos alguien más actualizado...

«Tengo un hijo maravilloso». Pensó intentando buscar algo de consuelo frente a su vida desastrosa.

El olvido en una casa recién barrida y bayetas repletas de polvo sin sacudir, es el precio que deben pagar muchas mujeres frente a un mundo empresarial que no las reconoce ni como madres ni como inteligentes.

—¡Qué vamos a hacer! Ni soy ni la primera ni la última —. Se consoló en su propia pena.

Sin padres ni familiares cercanos, Susy escogió la mejor de las alternativas. El matrimonio. Todas nos labramos nuestro destino y ella escogió el de esposa abnegada.

«Siempre quise tener hijos y adoro al mío. El problema no es él. La desilusión es otra. El problema no fue la maternidad, el inconveniente reside en... mi... en el matrimonio…» Susy sacudió la cabeza con fuerza intentando no pensar.

—¡Basta! Puñetero cumpleaños reflexivo.

Decidida a pasar el día como otro de tantos se giró para doblar la ropa sin planchar y disponerse a olvidar.

Fiesta y traición

...Dos meses atrás, las cosas no pintaban un preludio mejor.

—¡Estás preciosa!— Chilló una Mía orgullosa a su mejor amiga mientras la hacia girar sobre ella misma.

—Es tu vestido —. Contestó tímida.

—Tonterías, te sienta fabulosamente bien. Resalta tus caderas de forma maravillosa y te marca esos pechos que desafían la gravedad —. Su amiga negaba con las manos en alto —. Te regalo el vestido. Ya no lo quiero. La gente se dará cuenta que es el mismo vestido que un día usaste tú, nos compararán y saldré derrotadísima —. Susy puso los ojos en blanco ante tal impertinencia, Mía era bellísima.

El color azul del traje resaltaba su mirada de océano profundo y Susy por unos momentos se sintió preciosa. La seda se ajustaba perfectamente en las zonas que debía resaltar e insinuaba lo suficiente como para que cualquier hombre quedara loco con sólo verla.

—Eres tan guapa tanto por fuera como por dentro —. Mía le susurró con absoluta sinceridad. «Lástima que el cerdo de tu marido no te merezca». Pensó disgustada prefiriendo acallar sus conclusiones.

Susy no se fiaba de ninguno de los halagos que su amiga le regalaba. Ellas se querían como hermanas. Los años que vivieron juntas en el internado las convirtieron en inseparables. Ambas crecieron apoyándose la una en la otra. La vida en un internado no era fácil pero las amigas supieron afrontar cada dificultad, siempre juntas e incondicionales. Con sólo doce años juraron que siempre se cuidarían. Nadie las lastimaría. Jamás. Ella siempre supo que los sentimientos que las unían iban más allá de las palabras. No eran hermanas por consanguinidad, ellas eran hermanas gestadas en la necesidad del cariño y un desesperado deseo de protección que nunca se negaron.

Susy, solitaria desde pequeña, débil y muy tímida, siempre fue el centro de todos los ataques mientras que su amiga, un torbellino que arrollaba sin distinción, tenía fuerzas para protegerlas a las dos. Una heroína de cuento. Siempre dispuesta a impartir justicia y salvar a quienes amaba. Susy la adoraba. Habitualmente Mía se esforzaba en fortalecer la autoestima de su amiga pero el matrimonio resultó ser un pozo fangoso que la hundía cada día un poco más.

Susy no dejó de sonreír en todo momento. Su amiga la quería con tanta devoción que era capaz de echarse barro a ella misma y presumir de una fealdad injustificada con tal de hacerla feliz.

—Hola Mía—. Una voz gruesa y con cierto tono irónico sonó por detrás —. ¿Yo también estoy guapo?

—Oscar. Felices los ojos que te ven —. Mía sonrió con una simpatía mal simulada.

Ella era incapaz de ocultar los sentimientos que albergaba para con el marido de su amiga. Lo detestaba. Su apariencia era la de un hombre incapaz de romper un plato pero ella lo conocía muy bien y Oscar había roto muchos pero muchos platos. Corazones destrozados tanto en su vida de soltero como de casado.

«Asqueroso, desgraciado, mezquino, cerdo infiel...»

Ignorando descaradamente la presencia de "ese personaje", Mía se apresuró a tomar del brazo a su amiga para alejarla de allí. Odiaba verla junto a ese pajarraco.

—Vamos Susy, tengo que presentarte a la prima de Rurik, es una loca de lo más divertida.

10

—¿Pero cuándo aterrizó?

—Hoy mismo. Vuelo directo desde Estocolmo. Rurik dice que su prima se corta el pelo antes que perderse una fiesta —. Comentó jocosa.

—¿El pelo?

—Vamos y compruébalo por ti misma.

—¿Y Rurik? —Preguntó mientras casi era arrastrada dejando atrás a un Oscar que no se lo impidió.

—Por ahí andará. Ni idea—. Mía levantó los hombros y Susy envidió la confianza que su amiga tenía para con su marido, confianza que ella intentaba mantener para con Oscar pero que este no era merecedor.

Caminaron distraídas rumbo a los grandes cabeceros de madera decorados con jazmines blancos y donde todo estaba preparado para la gran boda entre Maite y Pablo. El lugar era fantástico y el ambiente de celebración se respiraba en el perfume primaveral de los amplios jardines. Pablo era de Estocolmo igual que Rurik, el marido de Mía.

Los compañeros llevaban cerca de diez años trabajando juntos, en una empresa multinacional cuya sede central estaba en Suecia pero con oficinas en Madrid, ambos eran carne y uña, siempre juntos y hoy, el más joven, perdería la soltería. Ambos eran dos niños grandes continuamente maquinando su próxima diablura. Hoy Pablo se casaba y todos estaban felices por la pareja.

—¡Mía! Primita de mi corazón, ya estás aquí —. Vociferó una rubia de metro ochenta y con un pelo tan largo que le cubría el trasero.

—Alexia, ven. Te presento a Susy —. Mía tironeaba del brazo de una Susy asustada frente a semejante poderío nórdico y tan femenino.

—¿Eres Susy? Hola guapísima, por fin te conozco. Mía siempre está hablando de ti —. Susy no pudo responder. En un abrir y cerrar de ojos se encontró con unos brazos que la estrujaban contra unos exuberantes pechos.

Sintiéndose ahogada intentó zafarse pero fue inútil. Esa mujer además de preciosa era muy pero que muy fuerte.

—Igualmente —. Contestó cuando fue capaz de llenar sus pulmones con aire.

Mía intentó ocultar una carcajada que a punto estuvo de escapársele de forma grotesca.

—Vamos chicas —. Gritó la valkiria mientras se dirigía a toda marcha hacia una de las esquinas —. Están sirviendo cócteles de colores. Tienen una pinta estupenda y yo pienso tomarme el arco iris al completo. ¡Esto es España! Lere, lere, lere…

—¡Alexia, espéranos! —La petición de Mía fue inútil, la joven se marchó saltando descontrolada al compás de la música.

—Susy, vamos o esa loca nos deja sin bebidas sin comida y por como baila, me temo que sin pies —. Soltó una carcajada pero Susy apenas sonrió.

«¿Dónde estará? ¿Desapareció?» La pregunta quedó navegando en los pensamientos de Susy.

La boda era un total hervidero de gente. Entre los familiares y amigos de Pablo, que viajaron desde Suecia, y la familia de Maite, que provenía de todos los rincones de España, eso más que una boda era un congreso internacional.

La gente cantaba y bailaba de forma descontrolada mientras los novios reían felices de amor.

«¿Dónde estará?» Se preguntó una y otra vez sin encontrar respuesta.

Susy no supo precisar en qué momento exacto sucedió, pero en un minuto estaba tomando el fresco mientras buscaba a Oscar, y al siguiente se encontraba en un trencito la mar de movido y encabezado por tío Manolo que las hacía saltar de un pie al otro a la orden del ¡cha! ¡cha! y ¡chachacha!

En pleno recorrido y desde su movido vagón consiguió vislumbrar a Oscar tomando una copa con Rurik y otros compañeros de trabajo. Bastante normal teniendo en cuenta que tanto su marido como el de su amiga, trabajan en el mismo sector y solían intercambiar opiniones de clientes comunes. El trencito recorrió otras cinco estaciones y para cuando quiso llamarlo, Oscar había desaparecido, otra vez.

—¿Qué piensas? ¡Susy! Estás en otra parte. Vamos al centro del baile que la orquesta va a comenzar. Dicen que tienen preparada una sorpresa —. Mía intentaba distraerla.

—Sí, vayamos antes que el tío Manolo nos obligue a bailar bachata. ¡Otra vez! —Intentó sonreír, después de todo no tenía motivos por los que afligirse.

Oscar estaría con algún compañero de trabajo conversando. La fiesta era maravillosa y ella se comportaba como una celosa empedernida. Oscar parecía tener razón. «¡Deja de controlarme! Eres una celosa insufrible. Estoy trabajando, ¿dónde voy a estar? Madura, ya no eras una niña». Solía repetirle hasta el cansancio y ella se lo creyó.

—Bailemos —. Susurró entristecida.

Cuando la orquesta terminó su actuación y consiguieron soltarse de las garras de un inagotable tío Manolo ambas amigas fueron a por unos refrescos. Necesitaban descansar y reponer energías.

—Tío Manolo está mal registrado. ¿Setenta y seis años? ¡Imposible! —Ambas soltaron una sonora carcajada mientras apenas podían caminar.

La fiesta continuó animada hasta que Susy ya no pudo aguantar. No quería parecer una histérica, sabía lo mal que se caían Mía y su marido pero las dudas la carcomían por dentro. Sin poder contenerse soltó sin previos.

—¿Has visto a Oscar? Llevo muchísimo tiempo sin verle.

—No lo he visto. Seguro que está por ahí haciendo el ganso con el novio o con Rurik.

—Sí, claro —. «Eso es imposible, Rurik nunca pasa más de diez minutos lejos de ti».

No importaba donde estuviera o con quien conversara, Rurik siempre se encontraba dentro del perímetro de visibilidad de su amiga. Traía bebidas, bailaba un par de temas con ellas o simplemente les guiñaba un ojo. Rurik siempre estaba por ahí, pero Oscar era harina de otro costal. La relación de su amiga con su marido era perfecta y aunque se alegraba por ellos muchas veces la espina de los celos se le clavaba sin desearlo. En los últimos tiempos, Oscar estaba cada vez más distante y ella cada vez más sola.

«Si confiara en Oscar, si fuera capaz de no pensar en traiciones, igual las cosas podrían mejorar entre nosotros». Pensó intentando buscar un culpable que siempre por uno u otro motivo resultaba ser siempre ella.

«Borrón y cuenta nueva. Oscar prometió no volver a cometer un "error". Lo juró por su hijo. ¿Cómo no voy a creerle? Debería confiar. Ni el presente ni el futuro tendrán ningún sentido si no le creo». Sí. Ella iba a cambiar e intentaría no dejar que las tinieblas de la desconfianza no la dejaran ver un futuro prometedor. Lo había perdonado. Tendría que olvidar. La herida parecía abierta y sangrando pero… el tiempo todo lo cura. Su relación no era como la que tenían Mía y Rurik pero podría llegar a serlo si ella se lo proponía.

14

«Todas las parejas tienen sus altibajos pero se recuperan y salen adelante. Tantos años no pueden echarse a un maldito contenedor de basura». Oscar la amaba. La quería mucho pero los hombres ya se sabe como son…

Ella trabajaría para que esa relación mejorara y fueran felices. No volvería a desconfiar sin motivos.

—¡Dios mío! ¡No!

Un chillido grave de Mía alejó a Susy de sus pensamientos.

—¡Qué!—Mía sin palabras sólo fue capaz de señalar con un dedo.

—Por favor. ¡Qué está haciendo!

Ambos mujeres se acercaron a la escena con tanto miedo en el cuerpo que no podían hablar.

Rurik subido a un tronco encerado y de unos cinco metros de altura, intentaba conseguir un jamón con la bandera española, a su lado y en otro poste, un amigo de la novia, intentaba lo mismo pero con un salmón apuñalado con la bandera vikinga. Los invitados vitoreaban a partes iguales.

—*kom igen, vikingar! vikingar!*

—¡España! ¡España!

La lucha por la conquista era reñida. Rurik poseía unos brazos endiabladamente largos pero su compañero no se quedaba atrás. Ambos lucharon con ganas hasta que la victoria sobre el territorio español fue indiscutible. Rurik consiguió la bandera Española y un maravilloso jamón.

Rurik no paraba de reír y gritar a la vez.

—¡España ha sido conquistada por los vikingos!

Tal era su diversión que a punto estuvo de resbalar del poste.

—Le mato —. Su mujer refunfuñaba entre dientes.

Susy sonrió divertida.

Mía echaba humo por las orejas pero cuando su mirada se encontró con la de su marido, él le guiñó un ojo desde lo alto y ella aleteó sus maravillosas pestañas rubias desecha de amor.

—¡No me toques! — Intentó parecer enfada cuando él bajó pero su actitud divertida saltaba a la vista —. ¡Rurik! Hueles a perfume "Eau de jamón". Es asqueroso...

Su marido no hizo ningún caso a sus quejas. Con una mano sujetó el enorme jamón y con el otro brazo envolvió a su chica por la cintura.

—Conquisté territorio español... quiero mi recompensa —. Y se la cobró con un fuerte beso apasionado.

Ambos se separaron nerviosos pero ella continuó con su actuación de mujer superada.

—Eso está por verse, querido...

—Esta noche conquistaré territorio español, otra vez, que-ri-da... — Y enredándose en la boca de Mía volvió a apoderarse del único territorio que le interesaba poseer.

—¡Vamos, hermano vikingo! Suelta a tu chica. Te presto una camisa que tengo de recambio porque hueles fatal —. Dijo un Pablo exultante de alegría.

—Vamos —. Rurik se alejó con su trofeo a hombros y sonriendo con promesas de dichas futuras a su chica.

Ambos se perdieron camino a la sala de la novia, dándose golpes en el pecho orgullosos de la sangre vikinga que corría por sus venas y desparramando carcajadas por donde pasaban cuando Mía habló con tonta sonrisa.

—Es un bruto.

— Un poco, pero le adoras —. Mía afirmó con la cabeza pero se distrajo al divisar al marido de Susy.

16

"«Por fin aparece el desgraciado. Más de una hora lleva perdido», se dijo para ella misma.

La joven sabía perfectamente que Oscar andaba desaparecido. Ella calló por cariño a Susy. Los miedos de su querida amiga eran demasiados obvios como para echar más leña al fuego. Ese sinvergüenza. ¿Dónde se habría metido todo este tiempo? Y más importante aún ¿con quién? Le vio a no mucha distancia. El impresentable hablaba muy jocoso con alguien pero el enorme pino del jardín ocultaba a su acompañante. Si igual se movía disimuladamente hacia la izquierda y estiraba el cuello quizás podría pillarlo…

«¡Oh no! ¡No, madre mía! No puede ser ella. No la conoce de nada. No, no… Esos ojos de perdonavidas… Ay no…» Mía hiperventilaba y disimulaba a la vez.

«No, no es posible. No se atrevería. Con la prima de Rurik. ¡No!»

Mía no los había presentado y no creía que Rurik lo hubiese hecho. Al igual que ella su marido apenas le toleraba. Lo masticaba pero sin tragar. Lo soportaban simplemente por el cariño que tenían hacia Susy.

«Te dije, no te cases con ese cerdo. Criaremos al bebé entre nosotras. ¿Porqué nadie me hace caso?» Mía refunfuñaba con sus pensamientos.

Con disimulo intentó alejar a Susy del lugar pero fue demasiado tarde, ella también vio a su marido que no dejaba de conversar con Alexia y de lo más sonriente. Intentó quitar un poco de hierro a la imagen que ambas tenían delante pero no con mucho éxito.

—Mira, si allí está Oscar. Vamos antes que Alexia le deje sordo.

Oscar sonreía a la belleza rubia que tenía delante con total descaro y un toque de sensualidad que resultaba repugnante para un hombre casado. Ambas caminaron hacia los dos tortolitos pero ninguno de los participantes se percató de su proximidad. Demasiado embelesados el uno con el otro, fueron incapaces de notar la presencia de las mujeres. Si la mirada fuera un rayo láser, Mía lo habría desintegrado.

«¡Idiota! No se te ocurra hacer nada de lo que sea que hacen los cerdos como tú o te corto la picha y la arrojo al fondo del Manzanares». Mía echaba humo como los búfalos enfadados.

—¡Oscar! Por fin te vemos, que-ri-do — El hombre saltó en el sitio.

—Eh… ah… hola, es que… bueno. Algo me sentó mal… estuve… en el baño… un rato.

—¿Estás bien? No me llamaste —. Susy se creyó cada mentirosa palabra de su marido.

Mía se mordía la lengua para no cometer un asesinato digno de Jack el destripador pero poniendo su mejor cara falsa de rubia tonta soltó en señal de advertencia.

—Alexia, veo que te presentaron a Oscar. Es el marido de Susy —. Aclaró con determinación.

Alexia empalideció de pronto. Sus ojos revoloteaban hacia él y ella una y otra vez.

—El marido… ¿De Susy? —. Intentó mantenerse calmada pero los nervios le afloraron sin poder ocultarlos.

Mía rápidamente se percató de la situación y salió en su defensa. Alexia la miró preocupada. Sus ojos parecían decir… perdón... no lo sabía...

Una Mía ágil y de reflejo veloz tomó a su prima política del brazo y le comentó forzando una voz divertida.

—¿Has visto la conquista de tu primo? Escaló un poste enjabonado y consiguió un delicioso jamón. Es un bruto vikingo. Acompáñame que necesito ver si consiguió cambiarse de ropa —. Y sin esperar, arrastró a Alexia fuera del área de peligro.

Cuando estaban a una distancia prudencial del matrimonio, Alexia consiguió respirar y esbozar palabras sueltas.

—No lo sabía. Lo juro... — Y dejó caer los hombros en señal de disculpas.

—Me imagino. Es típico de Oscar olvidar algunos detalles de su vida y mucho más cuando conoce a una mujer guapa. No te preocupes —. Sonrió con pocas ganas —. Te salvé justo a tiempo —. Mía quiso darle un toque divertido a una situación de lo más incómoda.

—Bueno, con respecto a eso —. Alexia agachó la cabeza.

—¡Por favor, Alexia! Lo acabas de conocer. Estamos en una boda. Es imposible, no has tenido tiempo de… — Sus ojos suplicaban una respuesta pero Alexia no contestó —. ¡Alexia! ¿Dime que no pasó nada? — Sollozó nerviosa.

—Lo siento prima. No sabía… estamos de fiesta… música… me deje… yo… ¿qué puedo decirte…?

—Pero ¿cómo, cuándo, dónde? Es imposible—. Mía creía que estaba al punto del colapso.

Su prima con el marido de su mejor amiga. ¡Su casi hermana! Eso no era posible.

—En el baño. Me pidió que lo acompañara… y yo… no me pareció… Después de todo somos adultos, estamos de fiesta… Me gustó… como iba a pensar. Ay, Dios…—. Alexia pensó en morir de vergüenza.

—Por favor dime que no os vio nadie —. Mía se apretó con fuerza las cienes mientras intentaba serenarse.

—Bueno, la verdad es que estábamos en plena acción, no lo recuerdo bien pero creo que la puerta se abrió —. Mía se tapó la boca con las manos.

—¡Pero se cerró al momento! No pudimos ver quien era… y… con el calor… preferimos seguir a lo nuestro.

—Alexia, no…— sollozo una Mía dolorida por la traición a su amiga y a tan sólo unos metros de ella.

«Pobre Susy, no se lo merece. Ella no».

—Igual la persona que entró no vio nada —. La prima sonó arrepentida

—Por favor —. Suplicaba una Mía temblorosa —. Si esa persona le cuenta algo a Susy no creo que pueda soportar el dolor y la vergüenza. Otra vez no. Mi pobre amiga, no es justo…

—Nadie va a contar nada—. Una voz grave surgió por detrás.

—¡Rurik!

—Esa persona era yo. Entré en el baño para cambiarme y tardé unos minutos hasta que me di cuenta de quién era esa melena rubia enterrada en una entrepierna masculina, y a quien pertenecían esos pantalones caídos hasta la rodilla —. La mirada acusadora hacía su prima fue fulminante.

Mía intentaba digerir toda la información recibida pero sinceramente no era tarea fácil.

—Yo de verdad lo siento, jamás imaginé. Si hubiese sabido… pero no parecía casado —. Alexia estaba blanca como el papel —. Le sonó el móvil. Él contestó pero dijo el nombre de una tal Ana. Cuando cortó aseguró que no era nada serio, un rollo de ratos libres. Yo no pensé que era casado y mucho menos el marido de Susy.

20

—¿Ana? — Mía dio un brinco — .¿Y esa quién cuernos es? ¿Otra más? — Gritó nerviosa.

—Ana es secretaria...— Rurik estaba preocupado por la salud mental de su mujer.

—¿Qué?

—De mí empresa —. Terminó la frase.

—Pero ¿cómo? ¿Tú lo sabías?

Rurik entendió que su tiempo de silencio había terminado. Debería contarlo todo.

—La conoció en la fiesta de fin de año —. Mía entendía eso, Oscar era comercial y uno de sus clientes era la empresa de Rurik.

—Ellos estuvieron juntos casi toda la velada pero cuando le advertí de su comportamiento me negó cualquier interés más que el estrictamente laboral —. Rurik apenas poseía un hilo de voz.

—Y como tú eres un jovencito inocente ¡le creíste!—Replicó burlona.

—¡Qué pretendías que hiciera! — Rurik se enfadó con el tonito despectivo de su esposa. No creía que se lo mereciera, después de todo no era él el que le había puesto la cornamenta a su mujer.

—¡No los volví a ver juntos! Las chicas del departamento comentan que Ana se ve con un hombre casado y de allí relacioné todo, pero no tenía pruebas —. Intentó responder calmado.

—¡Debes echarla! Ya mismo — . Su esposa era tajante. No admitía discusión.

—Cariño...— los brazos de Rurik la rodearon por los hombros—, sabes que no puedo hacer eso.

—Sí que puedes. Eres el director ejecutivo —. Esta vez Mía no podía contener las silenciosas lágrimas que comenzaron a recorrerle las sonrojadas mejillas.

—No cariño, no puedo. Esto es algo entre Oscar y Susy.

Mía se apartó con fuerza del resguardo de Rurik y lo miró con una furia que llegó a asustarlo.

—Tú lo sabías, ¿Por qué no me dijiste nada? Podría haber intentado hablar con él, no sé, amenazarlo, matarlo, algo...—La indignación brotaba por cada poro de su piel —. Por Dios Rurik, un año... un año... que ese perro desgraciado la engaña. Un año que ella vive en la tristeza pensando que es la culpable de todas sus desgracias. Está segura que el matrimonio sucumbe por su culpa y se cree incapaz de hacerle feliz.

Mía lloraba con pena.

—Mi amor — Rurik esta vez no permitió que su mujer lo rechazara —, te dije que no tenía pruebas. Además…— continuó calmado— no creo que debas intervenir.

—¡Qué dices! Es mi mejor amiga. Por supuesto que voy a intervenir. No eres nadie para decidir por mí.

—Pues eso mismo pienso yo de ti. No puedes decidir por tu amiga, ella tiene que escoger la clase de vida que quiere vivir. Es su elección, no la nuestra.

—La lastimará otra vez…

—Y tú estarás allí para ayudarla.

Las lágrimas no dejaban de brotar en los preciosos ojos de Mía. Rurik amaba tanto a su mujer que hubiera querido golpear con fuerza a Oscar por causar tanto dolor a su amada, además de por ser un cerdo incapaz de mantener su herramienta bien guardada. Conocía muy bien la amistad entre las dos mujeres y entendía el gran dilema al que se enfrentaba su preciosa rubia. Contar o no contar, ese era la cuestión a la que su esposa debía enfrentarse. Por un lado podía ser fiel a la amistad que se tenían y contarle todo lo que sabía pero con ello desataría más dolor, pero por el contrario, si callaba no causaría un dolor momentáneo pero sería desleal con su hermana por adopción. Sí, su esposa estaba en apuros.

—Cariño, cada pareja debe resolver sus problemas sin terceros de por medio.

—Pero es mi Susy, nuestra Susy…

—Vamos al servicio. Límpiate la cara y arregla el maquillaje. Susy aparecerá de un momento a otro y no puede verte así. Ya tomarás una decisión y estoy seguro que será la correcta...

Mía se dejó guiar mientras pensaba entristecida. «¿Por qué alguien tan dulce, cariñosa y leal como Susy, tiene que sufrir siempre de esta forma? Ella es incapaz de mentir a nadie y en cambio sólo recibe mentiras y más mentiras. Una mujer amorosa con un hombre incapaz de amar. Merece algo mejor...» Pensó con la cabeza gacha mientras caminaba hacia el servicio guiada por su incondicional marido.

En la distancia Nico lo observaba todo. Odiaba a los curiosos pero estar en una boda por obligación laboral era lo peor que le podía pasar a un hombre libre como él. La empresa de Rurik era uno de sus colaboradores principales en Europa y Pablo su Director comercial.

«Menos mal que Dany se apuntó». Pensó esbozando una sonrisa aburrida. Llevaba un buen rato sólo. Su hermano intentaba, sin éxito, liberarse de las garras de una dama de estrategias insistentes y eso le permitió observar con detalle la escena que tenía delante.

«¿Qué sería lo que había entristecido tanto a Mía?»

Conocía al torbellino rubio desde hacía algún tiempo y esa mujer no era de llanto fácil. Fuerza, coraje y una gran decisión, esos sí era sinónimos de Mía Anduaga, pero el llanto no, ese no era su estilo. «Incluso las patadas, podrían describirla». Recordó divertido la noche en la que sin saber que era la mujer de Rurik, intentó hacerse el galán barato y Mía lo detuvo con un simple rodillazo en sus partes bajas, dejándolo sin aliento.

Se lo tenía bien empleado por creído, pero la verdad sea dicha, las mujeres no solían poner freno a sus descarados coqueteos. Rubio e irresistible, es como lo describían y él aprovechaba sus encantos sin buscar mayor explicación. Adoraba conquistar pero siempre resultaba ser él el conquistado. Disfrutaba de la vida sin preguntar. Pero esta tarde, por alguna razón, no podía quitar la mirada de Mía y no por ella, sino por la intrigante mujer que la acompañaba a todos los sitios. Esa mujer lo tenía encandilado. Imposible quitar sus ojos de ese maravilloso cuerpo. Era esbelta pero no demasiado alta. Su pelo negro caía como una cascada de medianoche sobre sus hombros y esos ojos ardientes, fuertes y tan profundos como el cielo de un cuento de hadas clamaban atención y él estaría encantado de dársela.

No se acercó para presentarse. Necesitaba estudiarla desde la distancia. Deseaba admirarla.

Esa morena poseía una fachada estupenda pero reflejaba algo más, algo misterioso, tentador, oculto ¿pero qué era? Sensualidad, dulzura, pasión, tristeza y ¿y qué más? Ella se había ido. Ya no estaba al lado de su amiga ¿Por qué?

Mía desapareció escondiendo sus lágrimas y resguardada por los fuertes brazos de su marido. ¿Sería por esa preciosa morena que lloraba tan desconsolada?

24

—¡Por fin me escapé! — Una voz divertida lo apartó de sus pensamientos.

—¿Fue duro hermanito? — Contestó con un suave golpe en el hombro de Dany.

La sonrisa de Dany era tan vivaz y auténtica que hasta el propio Nico cayó rendido ante semejante poderío.

—Nada que no solucionen unos cuantos besos —. Y guiñó un ojo descaradamente.

Ambos estallaron en carcajadas y se dirigieron a buscar unas copas. Ya habría tiempo para actuar como Sherlock Holmes e investigar quien era esa beldad y como acercarse a ella. Lo averiguaría todo sobre aquella mujer.

Llevaba mucho tiempo sin salir de cacería por una mujer que le interesara de verdad y esta vez estaba bastante interesado. Qué diablos. Muy interesado. Y se marchó sonriendo con su secreto.

Al contenedor

—Susy, ¿has visto mi camisa azul? Tengo una reunión y quiero ponérmela.

—Si no la tienes colgada es porqué no está planchada —. Contestó con frialdad.

—Mujer, hace una semana que la puse a lavar —. Respondió molesto.

—Pues lo siento señor marido, pero he estado un pelín ocupada.

—Estás todo el día en casa —. Replicó enfadado.

—¡Esto es el colmo! — Susy dejó aflorar todos los sentimientos que llevaba guardados desde hacía días.

—Llevas tiempo con un carácter de perros. Apenas me diriges la palabra y cuando me hablas es para demostrar tus disgustos por mis supuestos deberes no cumplidos. ¡Me puedes decir que bicho te pica! Desde la boda de Pablo estás así.

Oscar sintió que se ahogaba con su propia bilis.

Ella tenía razón pero no podía decir que su amiga lo había pillado infraganti y que desde ese día sentía que su vida era como una olla a presión. A punto de explotar en cualquier momento.

«Esa odiosa de Mía a estas alturas lo sabe todo». Su pequeño traspié en la boda podía salir a relucir en cualquier momento y aunque por ahora no había hablado, ¿quién sabe cuánto tiempo seguiría así? Ellas eran como hermanas.

«Maldita rubia endemoniada, seguro vendrá con el cuento a Susy. Esa tonta sigue callada, ¿pero por qué?».

Mejor no preguntar y aprovechar la racha de buena suerte que estaba teniendo. Si la verdad surgiera a la luz no podría negarlo. Era imposible. Demasiadas personas involucradas, demasiados testigos. Tendría que pensar algo que lo salvara y mejor pronto.

«Tampoco es tan grave», se consoló a él mismo.

«Una mamada no es sexo, estaba de fiesta, había bebido, la sueca estaba buenísima y se le había insinuado directamente ¿qué podía hacer? Ningún hombre en su sano juicio se habría negado». Él era un hombre y de todos es bien sabido que un hombre de verdad no puede dominar ciertos impulsos.

—No digas tonterías, Su. Siempre con tus neuras. Me voy a duchar. Se me hace tarde — tratando de esquivar el tema—y no olvides llevarme el traje marrón al tinte, la chaqueta se manchó con algo y quiero usarla el martes.

—Sí, sí, ya entendí. Camisa planchada y traje al tinte, ¿algo más, señorito?

—Nada más, gracias —. Se sonrió por la ironía de su mujer y entró en la ducha no sin antes congraciarla con un beso en la frente.

Esos momentos en los que Susy volvía a ser la mujer irónica con lengua afilada de antes eran los que le recordaban la mujer que una vez deseó con locura.

«Yo te quiero, pero simplemente soy así». Entró a la ducha y ya no quiso pensar más.

—Por fin acabé con toda la ropa —. Se consoló orgullosa al terminar de planchar.

—Listo. Me merezco un descanso. Sentarme, tomar un café y hasta darme el lujo de encender la tele y ver el capítulo de "Ella, mi reina".

—Faltan diez minutos. Me da tiempo para calentar café, prepararme un bocadito de algo dulce y… ¡El traje! Se me olvidó. Va, no pasa nada, lo doblo y lo dejo listo para llevarlo al tinte mañana temprano —. Se dijo para si misma y mirando el reloj y sabiendo que era como una pulga inquieta que nunca para se dispuso a la labor.

Mientras veía la serie, dobló con cuidado el pantalón y revisó los bolsillos. Oscar era un descuidado y siempre se dejaba algo.

—Ya decía yo —. Sacó una servilleta de papel doblada en cuatro con algo escrito —. Siempre igual, debe ser el teléfono de un cliente.

Al ver la nota con detenimiento, algo rojo resaltaba por encima de las letras azules, que llamó su atención.

—¿Qué es esto?

"Una semana es mucho, te espero". Un beso marcado con lápiz labial rojo y una letra A en mayúsculas.

—¿Pero qué… qué… es esto?

Susy no podía reaccionar. Su cuerpo se quedó anclado junto al sofá. En ese momento ni un huracán hubiera sido más devastador para ella que ese pequeño papel. Su mente intentaba buscar una contestación lógica al mensaje, algo que le mostrase otro camino que no fuera el de la traición. La evidencia parecía clara. La tenía en sus propias manos pero se negaba a sentirse traicionada. Otra vez.

«Piensa Su, piensa. Esto no puede ser así, tiene que haber otra explicación. ¿Cuál?»

—No es para él, eso, es eso… Tiene que ser eso —. El cuerpo frío se desplomó en el sofá que la engulló al completo.

Necesitaba desaparecer de ese lugar, del país, del mundo. El dolor la aturdía. Intentó reordenar su mente. La chaqueta era de Oscar, por lo tanto la nota era de Oscar.

Estaba en su bolsillo. Nadie guarda un mensaje de ese estilo si no es para él. Era suyo. No existía otra explicación.

—¿Qué hago?

«Piensa, Susy. Si lo enfrentas, esto puede terminar fatal, lo perderías por algo que igual es mentira. Pero si lo callas ¿cuántas veces más deberás soportar?»

—¡Joder! Debo enfrentarlo pero no quiero. Ya no puedo más... ¿Qué debo hacer? Ya no tengo fuerzas ... — Susy lloraba escondiendo su cara entre las pequeñas manos —. ¿Por qué me haces esto, por qué a mí?

Ahora

La noche llegó demasiado pronto.

Era el momento de enfrentarse a la realidad.

No podía huir, no esta vez. No más. Nunca más.

Este era el momento, debía coger el toro por los cuernos. Estaba cansada. El cuerpo le dolía agotado. Su corazón no sentía, sólo latía indiferente.

«No seas cobarde, debes enfrentarlo. Yo puedo. Yo puedo. Discutiremos pero él va a entrar en razón. Esta vez será la definitiva. No habrá más. Tiene que darse cuenta de su error. Es el momento. Pedirá perdón pero esta vez seré mucho más exigente. Tengo que perdonarlo. Es toda una vida juntos, tenemos un hijo, una familia, un hogar, nos queremos. Debo perdonarlo pero es la última vez».

Estaba decidida, no importaba la rabia, el dolor o la desilusión, tendrían que seguir adelante juntos por su matrimonio y por su hijo, por la casa y por la pila de años juntos. Esto no podía acabar así pero él debería cambiar. Ella lo obligaría a cambiar. La familia es lo primero. Debía luchar por ella, por su hijo y por su matrimonio, entonces ¿Pero qué se sentía tan vacía? La indiferencia y el dolor se mezclaban con una sensación de desgarro en su interior que iba mucho más allá de la infidelidad.

La mujer siguió sentada en el sofá con su dolor a cuestas y mirando las agujas del reloj que indiferentes se resistían a moverse con celeridad.

—No enciendas la luz —. Dijo al escuchar el sonido del picaporte girar.

Seguía en el sofá. En la misma posición de las cinco horas anteriores. Sentada en el silencio de la oscuridad y con la única compañía de un corazón destrozado.

—Está un poco oscuro —. Oscar pudo oler el peligro. Algo no iba bien. ¿La queridísima amiga había soltado todo lo sucedido en la fiesta? ¿Sería eso?

No estaba nada claro, por lo tanto prefirió simplemente esperar y analizar las posibilidades de desarmar la bomba con cuidado.

—Si es lo que quieres—. Y se dejó caer en el sofá de enfrente.

Susy lo miraba muerta en vida. Apretó los puños pero no dijo ni una palabra.

Definitivamente algo pasaba, pensó nervioso. En la penumbra era capaz de percibir la tensión de su esposa. Tenía los ojos enrojecidos. Había llorado.

Él intentó hablar pero Susy hizo todo el acopio de valor que le fue posible y sintiendo que sus piernas apenas podían sostenerla, se acercó, y con toda la rabia contenida durante horas de espera, le arrojó la nota ardiente de necesidad. Le rogó para que desmintiera el contenido. Suplicó al cielo para que le dijera que no era de él. Buscaba una tabla de salvación y la esperaba de él pero Oscar no se explicó. No se justificaba. No se disculpaba.

Su mirada danzaba de la de ella a la nota para retornar a ella nuevamente. Sus gestos parecían demostrar miedo, confusión, ¿pero como podía ser posible? Su marido era demasiado "hombre", como para tener algún sentimiento de culpa por un engaño a su esposa. ¿Algo era diferente esta vez a las anteriores?

«Idiota, Idiota y mil veces idiota. ¿Cómo no has tenido más cuidado». Piensa, piensa, piensa… Oscar no podía creer su estúpido descuido.

—¿No la lees? ¿La recuerdas de memoria?

—Susy, yo…

—¿Quién es?

—¿Eso importa? — Oscar comenzó a caminar por el salón.

—¡A mí, sí! — Respondió una Susy derrumbada —. ¿Quién es?

—La conocí hace un tiempo.

Las pruebas eran obvias. No podía negarlo. Tal vez si hacía frente a la situación podría salir más o menos ileso.

—¿Cuánto tiempo? — Intentó mostrarse tranquila pero el temblor de su voz la delataba.

—¡Qué más da! No lo recuerdo.

Por supuesto que se acordaba. Cerca de un año. En la fiesta de empresa de Rurik

—Susy, yo…

—¿La quieres? — «¿Por qué lo pregunto? No, esa no era la pregunta. ¿Qué estaba haciendo?»

Oscar se sintió descolocado.

—¿A qué viene esa pregunta? No, no. Bueno… creo que… no estoy seguro.

Oscar se desplomó en el sofá. Sostenía su cabeza con ambas manos intentando que no le estallara en mil pedazos.

Llevaba un tiempo confundido. Sus sentimientos no estaban claros. Quería a su mujer pero la pasión la encontraba en otro sitio. Ella lo miraba, estaba distinta. Diferente a otras veces. Susy le enfrentaba como nunca antes. De otra forma. Más decidida. ¿Sería este el final, eran así los finales? La idea de separarse se le pasó varias veces por la cabeza pero siempre la había descartado. Su mujer era su vida y no había nada más allá después de ella. Estaban pasando por una mala racha pero qué pareja no las soportaba con valor.

«¡Gilipollas!» Como un maldito estúpido, estaba sentado en el sofá de su casa, confesando unos pecados que no tenía ninguna intención de reconocer. Era un marido infiel y no era la primera vez, pero ¿qué hombre no lo es? Un desliz no significaba el paredón. Debía explicarse. Era el momento de explicarse.

—Susy, yo... hay veces que un hombre comete errores pero no es por un tema de sentimientos, es decir, los hay, pero no tan fuertes... —no pudo terminar su maravilloso discurso.

Su mujer no se lo permitió. Con un rugido de leona contestó.

—¡Qué!

«¿Sentimientos no tan fuertes? ¡Qué está pasando exactamente! Desgraciado...»

Susy no había previsto nada de esto. No podía ser real lo que escuchaba. Oscar debería enfadarse, gritar y después pedir perdón y jurarle que nunca la volvería a engañar pero nadie dijo nunca nada de sentimientos.

Esto no era lo esperado. Esto no podía ser. ¿Se había enamorado de otra y lo estaba confesando?, ¿cómo y cuándo? ¿y ahora qué?

Con firmeza estaba consiguiendo una declaración, ¿pero de verdad la buscaba?

«Dios, ayúdame, porque no sé lo que estoy haciendo, pero aunque no deseo las consecuencias no pienso parar hasta llegar al final».

Por una vez, en una larga lista de insufribles infidelidades, estaba consiguiendo una verdad y la tendrí.a

—Susy, no sé muy bien que me está pasando. Estoy confundido pero si me quisieras escuchar...

—¿Confundido? Eso es lo que sientes ¿confusión? —Oscar se secó el sudor con la mano.

—Sí, pero tienes que entender…

—¡Vete! — Gritó sin pensar —. Al infierno con tus confesiones y tus mierdas sinceridades.

—Tenemos que hablar. No lo tomes así… Tienes que entenderme.

Susy explotó con todas las fuerzas y con un ímpetu que desconocía tener gritó colérica.

—¿Qué no lo tome así!? ¡Vete a la mierda! ¿Cómo debo tomarlo? Perdona si me pongo nerviosa pero resulta que mi marido me dice que tengo más cuernos que toda la familia de Bambi y que está confundido ¿y me lo tengo que tragar sin más? Claro, por supuesto, cómo puedo ser tan desconsiderada ¡Ca-ri-ño! ¡Vete a la mierda y vive en ella para siempre!

—No seas irónica Susy. No te va el papel de mujer coraje. Yo sólo quiero hablar, explicarte. No necesitas insultar.

—Pues yo no quiero hablar. Mejor dicho, no puedo hablar. ¡Estoy hasta los cojones de escucharte!

Oscar abrió los ojos sorprendido. Susy jamás decía tacos, ella jamás se enfadaba. Lloraba y sufría pero nunca se defendía, y mucho menos atacaba.

—Estoy harta de esperar migajas de un cariño que a otras entregas sin ningún reparo. Siempre esperando una de las miradas de deseo que dedicas a las demás, ya no lo soporto. Siempre esperando tus abrazos y perderme en tu calor para no recibir más que restos. Yo simplemente quería llenar nuestra vida de esos pequeños momentos en los que sientes que el amor es real y no algo que ves en los demás, pero nunca lo tuve...— respiró para contener las lágrimas—. Te voy a confesar algo "querido esposo", cuando te conocí tuve mucho miedo, mi cerebro no dejaba de pensar en ti, mis sentimientos eran tan fuertes que me daba terror sentirme así sin embargo mi corazón no dejaba de buscarte. Cuando estaba contigo sentía que tus ojos eran mi destino, tu boca era mi vida y tus brazos eran mi hogar pero tú me lo quitaste todo...

—Susy, mi amor... —Intentó acercarse pero ella lo detuvo con las manos en alto.

—Eres mi decisión y mi condena. Un maldito castigo que hoy ya no merezco.

Los temblores comenzaron a dominar su cuerpo. Las lágrimas eran incontrolables y el nudo de su estómago estaba por estrangularla. «¿Qué me pasa?» Esto no era como otras veces. Oscar tenía aventuras pero los sentimientos eran otra cosa. Ella debía perdonarlo para poder continuar pero no quería hacerlo.

—¿Cómo?— Susy apenas susurró la pregunta.

—¿Qué?— Oscar no comprendió el interrogante.

Una nebulosa lo cubría. Por primera vez no encontraba ninguna vía de escape. Tendría que afrontar la tormenta de pie y sin paraguas.

—¡Cómo! He dicho. ¡Cómo pasó! — Respiró profundo, secó sus lágrimas con la mano y consiguió continuar —. ¿Cómo, cuándo, dónde, cuánto tiempo? Por favor Oscar...

Sus piernas no pudieron con su peso y se dejo caer al frío suelo. Sus rodillas le dolían pero no le importó.

—¡Susy! — Intentó sujetarla.

—No me toques. No te acerques. No puedo soportar tu piel... Me das asco.

—Necesito explicarme. ¡Joder, Susy! Las cosas no son solo blanco o negro. Hace tiempo que tenemos problemas. Parecemos más unos compañeros de piso que una pareja. ¿Cuánto tiempo hace que no me tocas? Ni siquiera me…— No pudo seguir, Susy no se lo permitió.

—Ni se te ocurra decirme que es mi culpa. Lo di todo por ti y tú a cambio sólo me ofreces engaños y mentiras.

—Yo solo quería a la mujer viva y ardiente de la que me enamoré. Quería tener a mi mujer y no a una señora de la limpieza, no a una mamá o a una señora cómoda con chándal. Quería a esa mujer que conocí en…

—Vete al carajo. Eres un desgraciado egoísta.

—¡No hables así! No te lo permito.

—¡No me lo permites! Y una mierda. Te atreves a echarme las culpas a mí y ¿tú? Cuantas veces me ayudaste en algo. Sólo me sumabas más y más carga, total Susy está todo el día sin hacer nada.

—Estaba trabajando por nuestra familia…

—¡Y follando con cuanta zorra se te cruzara por delante!

—Joder, no es así. Para los hombres no es algo tan personal…

—¡No se te ocurra seguir hablando! ¡Vete! Vete, por favor... No quiero escucharte —. Respiró intentando tener un valor que nunca tuvo —. Vete ahora mismo.

—Susy entiende, soy un hombre. Yo necesito y tú no estabas dispuesta. Tú sabes perfectamente como soy. Tú me conoces mejor que nadie. Entiéndeme. Yo siempre te comprendí y te apoyé en el pasado, ahora es tu momento.

—¿Vas a salirme con esas ahora? ¿Me estas amenazando? ¡Lo que tú hiciste! ¿Lo qué tú necesitas? Tú y sólo tú, siempre eres tú. Lo que tú quieres. Lo que tú perdonas. Primero tú y último tú.

El cuerpo de Susy se acurrucaba en el suelo encontrando el único consuelo de la madera fría.

—Vete. Ya no puedo más — respiró sin fuerzas— por favor…

—Está bien, me iré, hablaremos en otro momento. Tú sabes que no me puedes abandonar. Estamos unidos. Sólo yo te entiendo y tú me quieres a mí. A nadie más. Sin mi no tienes vida.

Oscar caminó hacia el dormitorio, llenó con algo de ropa una mochila lo más rápido que pudo y se marchó. No fue capaz de mirar atrás. Estaba demasiado abrumado. Sabía perfectamente que él y sólo él era el provocador de todo aquello pero la sensación de angustia y pena por el dolor causado era demasiado fuerte.

«Esta vez la he jodido». Ella le había declarado sus sentimientos y sueños más profundos y él sólo fue capaz de amenazarla.

—¡Qué estoy haciendo! — Su cuerpo traidor se apoyó tras la puerta ya cerrada.

Atrás quedaba una parte de su vida y sinceramente nunca habría imaginado un desenlace igual. Él no era un santo pero ni quería esto. Susy era la madre de su hijo, era su familia, su vida y ahora ¿se tenía que ir sin más?

«¿Es algo pasajero que pasa a todas las parejas o simplemente se terminó? No puedo pensar. No puedo caminar. ¿Debería llamar a Ana y ver qué es lo que siento? Esa podría ser una respuesta». Y colgando la mochila a hombros se marchó.

Una hora después Susy consiguió llegar a su cama y caer inerte en el colchón. Su mente estaba vacía, su corazón roto y sus pulmones ya no recordaban como se debía respirar.

—Esas últimas palabras de Oscar eran una amenaza ¿pero con qué propósito? ¿Por qué hacerle más daño?

Su cabeza era una peonza sin rumbo. Los pensamientos se sucedían uno tras otro sin coherencia, ni respuestas. Susy divagaba en una nube que no la dejaba ver, pensar o sentir. Toda una vida. Años de convivencia hundidos en tan sólo una hora.

Había creído en la idea de que el amor es para toda la vida. Creyó en el futuro de la mano con el ser querido, en las risas de la felicidad sencilla, y con un simple nota su futuro se convirtió en un cristal roto y sin arreglo.

—¿Y ahora qué? —Susy pensó y pensó, lloró y volvió a pensar.

Unas horas más adelante y unas cuantas infusiones de tila después, su mente dejó de resistirse y el cansancio la dominó. Su cuerpo se desplomó en la cama y su alma voló lejos, muy lejos, allí donde su corazón dejara de sufrir.

El dolor

Dos meses después.

La habitación estaba en penumbras. Todavía
demasiado temprano para levantarse. Una luz se escapaba
entre las rendijas de las cortinas y el calor de una primavera
con carácter sacudía con fuerza en el pueblo. La ventana
apenas entornada dejaba pasar la brisa del campo nocturno
que tanto gustaba a Susy.

—¡Dios mío cariño! ¿Qué es lo que te pasa hoy?
Apenas te reconozco —. Susy respira agitada —. ¿Te has
vuelto un ser salvaje o eres uno de esos vampiros de
televisión?

La mujer se reía de su propio chiste sin ninguna
culpabilidad mientras rodeaba el cuello de su deseado
marido.Oscar no se distraía. Ella era su objetivo y él no
dejaba de atacarla sin piedad. Cuidadosamente cubría su
cuello con un suave tul de besos ardientes que lograban
encenderla como ya no recordaba. Sus manos acariciaban
plenamente unos pechos deseosos de amor y sus labios
susurraban cariñosos un "te quiero"…

Sí, Oscar se esmeraba por sacar matrícula de honor
y en verdad estaba a punto de conseguirla.

Susy pisaba el borde del abismo. La cordura se
esfumó para dar lugar a una mujer que desesperada se
sumergía en un universo de sensaciones. Frío y calor la
acorralaban a la vez y sin descanso. Pequeñas gotas de
sudor le corrían por la frente. Su cuerpo moría por liberarse
y ella no podía contenerse aunque hubiese querido estirar el
tiempo.

41

—Mi amor, no pares por favor. No... ya casi...

"I'm walking on sunshine, wohhh. I'm walking on sunshine, Woohh. I'm walking on sunshine woohh".

—¿Qué, pero qué? ¡Mierda! No, mierda... —Con el cuerpo en llamas intentaba reaccionar y sentarse en la cama pero su razón la ignoraba, estaba en brazos de Morfeo y demasiado a gusto como para regresar —. Grrr...

Semanas sin descansar como era debido y cuando al fin caía en el embrujo del sueño no era más que para despertarse con la dichosa musiquita. *"Im walking on sunshine, wohh...*

—¡Joder! Odioso móvil. ¡Porqué no te paras!

«Maldita la hora en que Fernando puso la cancioncita como despertador». Claro, era su tema preferido o por lo menos lo había sido en tiempos mejores. ¿Quién imaginaría por entonces un presente tan negro? En el pasado ella era una mujer amada y deseada, en cambio ahora...

—¡Dios mío! ¿Y ahora qué?, ¿Por qué a mí?

Las lágrimas caían silenciosas por unas mejillas sonrosadas frente a un sueño insatisfecho y un corazón roto por la pena.

—¿Por qué?... ¿Por qué?

Las palabras se atragantaban en su garganta entre gritos de dolor y rugidos de traición. Dos meses habían pasado pero las endemoniadas respuestas no llegaban.

—¡Por qué! —El blanco almohadón cubría su rostro demostrando ser el único en no abandonarla.

«Toda mi vida. Te di toda mi vida. Sólo estabas tú. Siempre tú... siempre tú. Te lo di todo... yo te quería... ¡Maldito hijo de puta!»

El dolor se transformó en ira, la rabia la dominó por completo y el vaso de agua que tenía en la mesita de noche voló disparado estallándose en mil trozos contra la puerta de la habitación.

—¡No! No, esto no es verdad! Esa zorra le engañó. Esa mujer es la responsable.

—¡Zorra! ¡Desgraciada y mil veces desgraciada! Si me hubiera dado cuenta antes pero esa miserable perra rastrera iba a por él —. El cuerpo se rendía agotado en una cama fría buscando consuelo en las sábanas frías.

«Un año. Un año con ella, un año engañándome y yo sin saberlo...»

—¡Se puede ser más estúpida!

¿Cuántas veces había corrido a la tintorería antes que cerrara para que él tuviera su traje impecable? ¿Cuántas tardes planchando esas horrorosas camisas de algodón, que aunque no paraban de arrugarse ella adoraba porque eran de colores claros y resaltaban su mirada. Esa capaz de iluminar la noche más oscura.

—¡Imbécil!

¿Cuántas veces anteponiendo las necesidades de él a las suyas propias?

—¡Para qué tanto! Yo corriendo como burra y mi querido marido en la cama con una perra malnacida. ¡Por favor! Se puede ser más estúpida? — Susy apretaba su cabeza con ambas manos.

—No es verdad. Voy a despertar. Tengo que despertar…— Se despertaría de su martes trece y todo volvería a ser como antes. Oscar y ella tendrían un matrimonio y una vida amorosa y feliz.

«Feliz y amorosa» Las lágrimas caían en un Niagara imparable negando las mentiras que no se atrevía reconocer. «El amor evoluciona, cambia, es imposible que la llama arda como lo hacía al principio de la relación pero eso pasaba siempre a todas las parejas ¿o no?» Se dijo buscando explicar lo inexplicable.

La misma pregunta surgía una y otra vez, intentando convencerla como si se tratara de una hipótesis real pero sin comprobar.

—El tiempo nos convierte en amigos, compañeros de camino. La pasión cambia, se transforma, como todo —. Esas eran las enseñanzas de Mia.

"Querida Susy, todo en el universo se transforma, nada se pierde", por supuesto que Mía no hablaba de la pasión entre un hombre y una mujer pero ¿por qué no aplicarlo en éste caso? Encajaba perfectamente, Oscar y ella habían transformado la pasión en otra cosa. ¿En qué exactamente? Ese ya era otro problema sin resolver.

Sesenta días. Dos meses en los que las noches se las pasaba caminando por la casa como alma errante. Meses viviendo en una nebulosa en donde su mente aturdida no era capaz de razonar con claridad. El corazón se le retorcía sin piedad. Oscar la engañó. La zaparrastrosa lo embaucó con sus caderas sensuales, su sonrisa pintada y tetas siliconadas. Una encantadora de serpientes en toda regla y claro, Oscar era un hombre y los hombres son una especie débil frente a la tentación.

«¡Sí, eso es!» La lamparita de la sabiduría y la solución milagrosa brillaron en su mente ofuscada.

—Volverá. Tengo que demostrárselo y entonces volverá. Tengo recordarle lo que tenemos y volverá — hablaba sola mirando al espejo —. Regresará. Necesito un plan. Simplemente eso.

La mujer agotada cayó rendida abrazando el almohadón de Oscar nuevamente sobre el frío colchón. Estaba destrozada y muy cansada pero esta vez después de sentirse perdida y sin rumbo lo tuvo claro. Él regresaría.

El cansancio venció a la desesperación de tener que aceptar que el amor no se basa en súplicas lacrimosas ni en presiones amenazantes. Los sentimientos aparecen sin ser llamados y un día se marchan sin decir adiós pero esa eran frases que Susy no deseaba aprender.

Un día más

Después de tanto tiempo en donde la única actividad que había realizado era ir de la cama a la cocina y de la cama al sofá, era el momento de reaccionar. Debía ponerse en pie y luchar.

«Menos mal que Fernando se encuentra de intercambio en Irlanda», se dijo con los ojos hinchados de tanto llorar. Abrió el grifo de la bañera y se sumergió buscando un poco de relajación. Su hijo llevaba un par de meses fuera. El instituto le había ofrecido la posibilidad de hacer un curso lectivo en un pueblo de Irlanda y el jovencito estaba encantado con la experiencia.

Dejando que el calor del agua la envolviera, Susy cerró los ojos. Llevaba tiempo sin hablar con nadie. El teléfono estaba desenchufado y los únicos mensajes que respondía era a los de su hijo. Normalmente eran WhatsApp de un Fernando exaltado con todo lo nuevo de su experiencia en aquél país.

—Mamá esto es genial, la gente... los acantilados...—Cada mensaje era más divertido que el anterior.

«Menos mal que no está aquí para comprobar el fraude de madre que tiene». Pensó mientras hundía su cuerpo en la bañera intentando desaparecer sin dejar rastro.

Estaba claro. Debía luchar por su matrimonio, por su hijo y por una familia que no se podía romper sin más. Su hijo se merecía tener un padre y una madre juntos. El dolor y la rabia no la abandonaban pero el tiempo la ayudaría a sanar. Siempre lo hacía. Se sentía totalmente fracasada. Había perdido a su marido. El único hombre al que amó y que el que ahora se encontraba en otros brazos. Lloraba por un futuro juntos que ya no existía y la vida no le daba un respiro. Una parte de su ser se moría por la tristeza y la pérdida pero la otra parte de su espíritu quería vivir. Vivir en sentido pleno, sin condiciones, sin trabas, sin miedos. Comenzar desde cero y que todos se fueran al infierno. Esa parte de ella, que sentía la necesidad absoluta y completa de darle una patada en los huevos a su marido deseaba que él se pudriera en sus propias miserias pero debía intentar recuperarlo aunque más no fuese por su hijo.

En lo más profundo de su alma quería deshacerse de su matrimonio y sus años de mentiras e infidelidades pero entonces que pasaría con Fernando y tantos años de sacrificio.

—Me estoy volviendo loca. Primero pienso una cosa para luego sentir totalmente la contraria...—Sujetó su cabeza con ambas manos— Dios, estoy hecha un lío. No estoy convencida ni de lo que creo que estoy convencida —. Susy se rió sola frente a un espejo que no le respondió.

—Necesito un café urgente.

Salió de la bañera con el cuerpo chorreando hacia la habitación. Se secó, se vistió y caminó rumbo al almacén de Yoli. Recordar a su amiga le brindó uno de los pocos momentos felices del día. Yoli era una amiga del pueblo y aunque era muy pero muy de pueblo, su corazón lleno de sinceridad y cariño, la conquistó desde el primer momento. Junto a sus amigas se sentía viva, alegre y con opinión propia.

El continuo miedo de enfrentar a un Oscar capaz de abandonarla a la primera de cambio, la llevaron a ser dos personas diferentes. Una Susy tímida y dócil con su marido, y otra audaz y divertida pero sólo en compañía de sus amigas. Oscar las odiaba. Él decía que le metían ideas raras en la cabeza, que la transformaban, pero ella sabía que no era así, con ellas se sentía libre y auténtica.

48

Desde la gran pelea se comportó de forma egoísta y desagradecida. Se alejó y las separó de su lado pero fue involuntario. No supo reaccionar de otra forma y esperaba sinceramente que la perdonasen.

«Pobre Yoli, cuando me vea, después de tanto tiempo de no contestarle a ninguno de sus cientos de mensajes quien sabe como reaccione».

Sus amigas se enteraron de la gran catástrofe, gracias a lo poco que Rurik fue capaz de sonsacar a Oscar, pero cuando ellas quisieron visitarla Susy se negó de lleno. Necesitaba estar sola. Tenía que pensar. Sus amigas deberían entenderlo. No podía afrontar sus caras de compasión al mirarla. No era capaz de escuchar otra vez "pobre Susy". En el colegio, al quedar huérfana, cuando se embarazó, cuando perdió el trabajo, siempre las mismas palabras, "pobre Susy, pobre Susy".

No soportaba escuchar lo mismo. Esta vez simplemente no podía. Reconquistaría a su marido, eso era una realidad y nada se lo impediría. Regresaría a casa y su hijo tendría a su padre. Eso era lo único importante. Y nada de pobre. Debía ser fuerte. Ese matrimonio tenía y debía funcionar. Tantos sacrificios y años de su vida no podían arrojarse a la basura.

Encerrada en sus pensamientos, cruzó la calle sin ver el coche que a punto estuvo de arrollarla.

—¡Serás tonta! Casi te mato —. Nico saltó del coche furioso pero aliviado al ver que la mujer estaba bien.

Esa tonta estuvo a punto de caer bajo su coche. Unos pocos centímetros más y su deportivo le hubiera dado de pleno.

—¡Serás boba! ¿En qué pensabas? Podía haberte matado —. Y le extendió la mano para ayudarla a estabilizarse.

—Yo seré tonta pero tú… tú… tú. ¡Eres un imbécil descerebrado! — Y sin aceptar su ayuda Susy se levantó del suelo más que rápido.

El rubito tenía razón, ella había cruzado totalmente distraída. Iba tan ensimismada en sus pensamientos que no vio al coche acercarse pero eso no lo reconocería jamás. ¿Quién se creía este pedazo de imbécil para insultarla?

Nico miró a la mujer y se quedó mudo. No sabía si era porque la mujer le había gritado imbécil descerebrado o bien porque ¡era ella! La mujer en la que pensaba cuando estaba en el trabajo, en su casa, en su cama y en unos cuántos lugares más.

Tenía delante unos preciosos ojos azules, brillantes y con un toque de melancolía capaz de desarmar al más fuerte.

Era la mujer y la mirada en los que deseaba perderse desde la primera vez que la vio. Desde la boda de Pablo pensó cientos de excusas para llamar a Mía y sonsacar información de esa mujer pero no se le ocurrió ningún pretexto viable.

Era ella. Igual de pequeñaja como la recordaba. Las mismas curvas pero ahora con unos vaqueros y un sencillo jersey blanco. Otra vestimenta pero la misma mujer. Le encantaba. Algo en ella le llevaba a querer perderse en su cuerpo y ser ese hombre protector que nunca quiso ser con nadie. Ella tenía algo que no tenían las otras.

—¿Qué pasa, te comieron la lengua los ratones? ¡Cateto! —Susy estaba inexplicablemente furiosa. Ese hombre la sacaba de sus casillas.

—¿Cateto? — Nico lanzó una carcajada.

Casi la había arrollado porque iba totalmente distraída y a pesar de todo, allí estaba ella, con sus brazos en jarra y dando guerra sin el menor sentimiento de culpa.

50

—Si esto no es el destino que baje Dios y lo vea —. Nico no pudo acallar sus pensamientos.

—¿Pero qué dices? ¿Estás borracho?

—No preciosa. No bebo — . Él no podía borrar la sonrisa de su cara.

El destino era extrañamente curioso. No se lo podía creer. Estaba feliz con sólo mirarla. La vida le estaba dando una señal y esperaba que fuera buena.

—¡Rubito! ¿Podrías mover el coche? y ¡Dejarnos pasar al resto! ¿Será tarado el chaval? —Gritó de malos modales el conductor del Ibiza rojo de detrás de su coche.

El atasco provocado por la pareja era monumental, incluso teniendo en cuenta que se encontraban en un pueblo a las afueras de Madrid.

—Parece que hoy todos se han puesto de acuerdo en halagarme —y guiñando un ojo a Susy le dijo — espera aquí hasta que aparque allí enfrente.

Ella se estaba marchando cuando Nico le gritó desde la ventanilla.

—¡Ni se te ocurra irte!

Tenía pocos problemas y para colmo de males ahora tenía que aguantar al pesado ese, Susy resopló molesta.

«No puedo tener más mala suerte», refunfuñó totalmente enfadada.

Su cuerpo todavía temblaba. Se había llevado un buen susto. Sabía perfectamente que el "guapito" no la había atropellado con su maravilloso descapotable negro de puro milagro. La culpa de la caída había sido por puro miedo. El coche no le había rozado ni un pelo pero igualmente estaba enfadada con ese pesado. Tenía pinta de creído y ella odiaba a los creídos.

«No lo conozco de nada pero ya no lo aguanto. Por favor ¿quién se cree que es?»

Ese hombre tenía unos brazos fuertes y sonreía como si le fuera la vida en ello. Igual pensaba que a ella se le caerían los pantalones con sólo mirar esos labios anchos, esos ojos verdes esmeraldas, ese pelo rubio que caía por los hombros libremente o esos músculos tallados como un guerrero escoces, «¡por favor! ¡Si apenas lo he mirado!»

—Bueno aquí estoy. Ahora necesito tu nombre y teléfono ¿o soy muy cateto para apuntarlo? — El brillo de sus ojos le hicieron saber que estaba bromeando.

—Me llamo Susy. ¿Perdón? ¿Has dicho mi teléfono? ¿Para que lo quieres?

—Por si acaso. Ya sabes, el seguro, trámites, todo eso...— Fueron las primeras excusas tontas que consiguió decir.

—¿El seguro? ¿Si no pasó nada? Estoy bien. No es necesario —. "No había colado", tendría que inventarse otra cosa.

—Pero qué pasa si cuando llegas a casa tu marido se inventa algo y me quiere demandar ¿eh?

Allí estaba la gran pregunta. Estaba orgulloso de su rápido ingenio.

«Por favor Dios, que diga que no tiene marido, por favor Dios ¡Nunca te pido nada!»

—Soy…— Se lo pensó unos minutos —. No tengo marido —. Contestó rotunda.

Era muy triste pero no sabía siquiera en que situación se encontraba con Oscar.

«¡Si, Sí!» Nico estaba eufórico. Quería conocer a la tal Susy y que tuviera marido hubiese sido un pequeño problema a resolver.

—Bien, bien. Ejem —se aclaró la garganta—. Si no existe ningún marido que me demande entonces mucho mejor.

Susy no lograba entender nada de lo que el hombre decía.

«Es guapo pero tonto a rabiar». Se dijo para ella misma.

—Parecías tener prisa, ¿te puedo alcanzar a algún sitio?

—No gracias. Ahora por favor, si me dejar ir...

— No, yo antes debo...— no pudo terminar la frase porque Susy lo interrumpió sollozando desesperada.

—Yo sólo quería un café. ¿Qué necesitas ahora? Yo sólo quería tomar un mísero café.

Nico se sonrojó. La realidad era que aunque pecase de pesado no quería dejarla marchar por nada del mundo.

—Te invito. Hay una cafetería cerca. Vamos— pero al intentar retenerla del brazo ella se soltó.

—No gracias.

—Insisto, casi te atropello.

—Insisto ¿me dejas ir? — Esta vez sonó cansada pero firme —. Yo... te agradezco la preocupación pero me gustaría continuar con mis planes —. Y por supuesto él no estaba entre ellos —. Gracias por no atropellarme —. Le lanzó una sonrisa la mar de falsa y se giró. Se marchó sin darle tiempo a reaccionar. Había ganado y conseguía huir.

Nico se quedó de pie mirando como ella se perdía girando la esquina mientras meditaba divertido.

«Escapa preciosa. Escapa esta vez, porque no tendrás otra oportunidad. Quiero conocerte. Quiero saberlo todo de ti. Huye. Pienso ir a por ti y no tengo intención de dejarte escapar una tercera vez».

Nico se dirigió al coche. La estrategia era clara. Tenía que volver a ver a su pequeña Susy.

El plan "persigue y atrapa a la pequeña gacela", estaba en acción.

No me engañas

— ¡Por amor de Dios, chiquilla! ¿Se puede saber dónde te habías metido? Estábamos tremendamente preocupadas. No debería ni mirarte. Eres… eres una mujer espantosa. Te odio. ¿Cómo has podido dejarnos fuera de tu vida? De tus problemas. ¿Sabes por lo que hemos pasado? Saber que sufrías y no nos querías vernos. Somos amigas. ¡Joder! — Y sin mediar más palabras, Yoli marcó un número en el móvil con fuerza.

Susy la comprendía perfectamente. No iba a discutir. Yoli sólo estaba demostrando de la única forma que sabía la preocupación de muchos días.

—*Hola. Sí… sí… escucha… Está aquí. Ven a la tienda de inmediato.*

Yoli más que llamar de nuevo parecía estar aporreando a un pobre móvil inocente.

—*Sí… aja… si… parece que bien pero ven antes que la ahorque.*

—Bueno ya vale ¿no? — Susy habló con aparente tono divertido intentando relajar la tensión ambiental pero Yoli la miró con cara de pocos amigos y continuó hablando por el móvil.

—*¡Ja! Parece que la señorita "no necesito a nadie" está ofendida. Mía, corre las tres calles y prometo esperarte para matarla. Ok. Besos.*

—Está bien, lo siento. Por favor no te enfades. Yo simplemente no podía. No tenía valor —. Intentó explicarse mientras un mar de lágrimas suaves y silenciosas comenzaron a recorrerle las mejillas.

—Ni se te ocurra llorar. Desagradecida… — y sin controlar sus fuerzas Yoli la abrazó con todo el miedo y el dolor sentido durante días.

Pensar en la tristeza y sufrimiento que estaba pasando su amiga y no poder ayudarla la dejó furiosa e impotente a la vez.

—No puedes ni imaginar el miedo que hemos pasado. Sentir que estabas sola. Nosotras queriéndote e intentándote ayudar y tú nos obligaste a mantener la distancia. Saber que no nos querías verns. Tú allí… — y apretó más fuerte ese abrazo de oso —. ¡Nunca! Entiendes. Nunca. Jamás, nos vuelvas a hacer algo parecido.

—Lo siento —dijo una llorosa Susy—pero por favor suéltame, no puedo res-pi-rar.

Las dos amigas sonrieron cuando de repente como una tromba y sin avisar, Mía entró en la tienda y se abrazó a ella como una madre al encontrar a su polluelo perdido.

Las tres amigas lloraron juntas.

—Te odio, te odio. No sabía qué hacer para que me recibieras. Pensé en saltar por la chimenea como Papá Noel pero Rurik me detuvo —. Mía sonaba realmente desesperada.

—Lo sé. Lo siento. Por favor entenderme… yo no podía…

—¡MANOLO! ¡Manolo! ¡MA—NO—LO! Dónde están los hombres cuando se los necesita —. Yoli gritó con voz de general.

—Escondidos querida —. Aparentando timidez y con una expresión que rebosaba diversión, el marido de Yoli apenas asomaba la cabeza por la puerta del interior de la tienda.

Manolo trabajaba con su esposa en un comercio del pueblo. Ambos tenían un pequeño almacén de productos alimenticios que levantaron con mucho esfuerzo y que hoy en día era visita obligada para cualquier habitante del pueblo.

56

Manolo era un hombre fuerte y bastante rudo. No se podría decir que era guapo, pero su bondad, sus valores personales y su desbordante optimismo le daban un aire encantador. La lealtad y el sentido del honor eran la base de su vida y por supuesto el amor que profesaba a su querida esposa, a la que adoraba chinchar siempre que se presentase la oportunidad.

—Tienes que hacerte cargo de la tienda. Nosotras nos vamos al "Café de la Plaza". Tenemos que hablar, urgentemente —. Yoli ordenó mientras buscaba el bolso.

—Por supuesto cariño —. Contestó mientras agachaba la cabeza como un esclavo —. Yo a trabajar y tú de picos pardos. Por supuesto mi queridísima reina. Mi luz en la oscuridad. Mi rayito de esperanza en un día…

—Anda, ya basta de tus chorradas. ¿No ves que Susy apareció? —. No fue hasta ese momento que Manolo comprendió la urgencia de su esposa por irse.

Miró a un lado y pudo apreciar a una Susy de ojos hinchados. Había llorado. Él sabía toda la historia por boca de su esposa y estaba muy apenado por la mujer. Era muy buena y no merecía un marido tan capullo como el que tenía.

—Hola Susy. Bueno… está bien… que vayan las chicas a disfrutar de su merecido descanso mientras el pobre hombre se queda trabajando sin descanso para complacer a su queridísima esposa — . Y guiñó un ojo a Susy que le sonrió divertida.

—¡Serás payaso! — Su amada respondió furiosa.

—Sí, pero me amas —. Y sin pedir permiso le dio un beso ardiente y le palmeó el trasero empujándola hacia la puerta.

—No se cuánto voy a tardar pero te imaginarás que será una larga conversación.

—Vete. Ya sabré como cobrarme el favor —y con otro beso pero esta vez en la mejilla la despidió.

Las tres caminaron dos calles hacia la plaza del ayuntamiento. Llegaron al bar, se sentaron, bebieron café y después de contar todo lo sucedido Susy sintió un alivio que llevaba tiempo sin sentir. Sus amigas la hacían sentirse libre. Necesitaba soltar toda la rabia, dolor e impotencia que tenía oculto en el fondo de su ser. Y lo había hecho.

—¡Cabrón! Cabrón. Cabrón y mil veces ¡cabronazo! Tendríamos que contratar a unos matones que le cacen como a un perro vagabundo y le corten la pilila en pedacitos y después se la damos de comer a los lobos y entonces… —Yoli estaba descontrolada. Cuando se trataba de defender a las personas que amaba se convertía en una verdadera *hooligan*.

Susy la escuchaba con los ojos abiertos y la cara horrorizada pero Mía sonreía sin disimulo. La verdad es que ella pensaba lo mismo pero su educación no le permitía ser tan efusiva en sus comentarios como lo era Yoli.

—Bueno, yo creo que mejor no ser tan salvajes ¿no? —Mía contestó divertida.

—¡Menos salvaje! Está bien, le cortamos la pilila y se la metemos por el…

—Basta de pililas y sus recetas de uso —. Susy quiso regañar a sus amigas pero las tres se miraron.

—¿Recetas de uso? — Contestaron y estallaron en carcajadas.

—¿Entonces estoy perdonada?… ¿eh?… por favor...

—De eso nada. Vas a sufrir por lo que nos hiciste pasar. Prepárate para… — Yoli quería resultar amenazante pero sus ojos sólo podían expresar el cariño extremo que sentía por su amiga.

58

Mía la interrumpió para continuar las bromas.

—¿Cortarle la pilila y cocinarla? — La rubia estaba más suelta que nunca — .Yo me quedo con cortarla en trocitos y enviársela a la zorra por mensajería, pero sólo la de Oscar ¡por favor! Con lo bien que sientan de postre —. Mía guiñó un ojo divertida.

Las tres se miraron y sin poder contenerse volvieron a explotar en carcajadas. Susy supo en ese momento que sus amigas la habían perdonado.

—Bueno, bueno ¿y ahora que piensas hacer?

Mía conocía muy bien a Susy y muchas veces mejor que ella misma.

—Seguir adelante —. Yoli respondió segura pero Mía no lo tenía del todo claro. Había notado algo en el relato de Susy. Algo como ¿falta de decisión?

—La verdad es que… a ver… como me explico… lo he estado pensando y… creo que… tengo, debo… llamarle y pedirle… tenemos que hablar e intentar arreglar las cosas. Son muchos años. Tenemos un hijo. Tenemos que intentarlo. Tengo que… recuperar… nuestro matrimonio. Son tantos años.

—¡Qué! ¡Qué! ¡Pero qué! Mierda. Joder. Se puede saber que tienes en ese coco. No me jodas Susy —. Los resoplidos de Yoli se escuchaban en todo el bar.

—Yoli, esa boquita por favor—. La regañó una siempre educada Mía.

Yoli estaba más que agradecida que sus amigas la quisieran a pesar de su falta de estudios y educación tan de pueblo. Siempre intentaba mejorar y ellas eran las mejores profesoras.

—Sí. Perdón. ¡Qué excremento tienes en esa cabecita! ¿Mejor así?

Mía asintió. No era el momento de clases de gramática. Yoli simplemente era así. Sin educación pero con más valores morales y lealtad que el más fiel vasallo medieval y eso era suficiente para quererla sin condiciones.

—Tenéis que entender. Tengo un hijo. Yo debo…

—Yo debo. Yo debo. ¡Qué cojones tiene el crío que ver en esto!

Yoli estaba furiosa pero aun así pudo sentir el resoplido de Mía.

—Perdón, ¿qué pelotas? —Miró hacía Mía que negó con la cabeza —. ¿Huevos? — Mía volvió a negar— ¿Testículos? —También lo negó —. ¿Criadillas? No, ya sé. ¡Partes bajas! —Mía le sonrió y Yoli pensó que ese gesto era sinónimo de aprobación lingüística.

—¿Y qué partes bajas tiene que ver el crío en esto? — Preguntó orgullosa por su vocabulario tan correcto y refinado.

Susy no podía creer lo que escuchaba pero intentó explicarse.

—Fernando es un adolescente. Necesita a sus padres juntos. Yo soy su madre, soy quien debe cuidarle y brindarle un hogar, soy…

—¡Una cornuda consentida!

—¡Yoli! — Mía gritó por primera vez —. No seas bruta.

—Yo seré bruta pero ella es ¡tonta!

—Déjala. Tiene razón —. Susy bajó la vista —. Soy una cornuda. No lo puedo negar.

—Consentidora. No te olvides de eso.

—Yoli. ¡Ya basta! ¿Se puede saber qué te pasa? —. Mía no podía entender el absoluto enfado de su amiga.

—¿Pero no te das cuenta lo que está haciendo?

Mía estaba totalmente perdida y Susy no hablaba.

60

—Está echándose la mochila de la culpa a la chepa. Cree que debe perdonar todo de todo. Se siente culpable por como la trata ese desgraciado, de su hijo y de todo bicho que camina. Lo ve como un castigo por… por… tonta. Ese cerdo le lleva comiendo el cerebro durante años y se cree fea, sin valor, sin fuerzas, sin carácter. Vamos, una mierda.

—¡Para, por favor! —. Mía habló con rotundidad —. Susy, ¿eso es verdad? Te sientes ¿culpable? ¿Tú?

Susy solo pudo esconder su mirada en la negrura del café.

—Por favor, mírame. Somos casi hermanas, mírame. Por favor…

Susy la miró a los ojos y Mía pudo sentir como la verdad le atravesaba el corazón. Susy no se creía con el derecho de ser amada ni respetada. El pasado volvía. Yoli tenía razón. ¿Cómo no fue capaz de darse cuenta?

—¡Ves, tengo razón! —Esta vez Mía no detuvo a Yoli —. Se siente culpable hasta del hambre en el mundo.

Susy ya no podía más. La vida era demasiado dura como para además tener que aguantar la condena de sus amigas.

—¡Sí. Maldita sea! Si fuera otro tipo de mujer él no estaría por ahí con otras. Sí. ¡Qué queréis que haga! Él es mi marido. Tenemos una casa, un hijo, ¿a donde voy yo ahora? ¿Qué va a ser de mi vida? ¿Quién va a ser mi apoyo? ¿Quién va a estar a mi lado? ¿Quién va a envejecer conmigo? ¿Quién va a compartir sus alegrías? ¿Quién… quién…?

—¿Te va a amar? —Esta vez fue Mía la que terminó la frase —¿Es eso no? Tienes miedo. Perdiste a tu madre. Perdiste a tu padre. Has sufrido de niña y tienes miedo. ¿Es eso no?

Susy lloró sin tapujos. Sabía perfectamente lo que Mía había sugerido. Su amiga conocía sus más íntimos secretos. Lloró por la traición, lloró por su falta de valor, lloró por el amor no correspondido, lloró por lo injusta que era la vida, pero principalmente lloró por la esposa que había muerto y la mujer perdida que había nacido.

Escondió la cara entre las manos.

«¿Cuándo termina la vida de lastimarte? ¿Cuándo se detiene el reloj del dolor? ¿Cuándo la ruleta de la fortuna se detiene en tu número? ¡Qué alguien pare el tren del desamor que yo me quiero bajar!» Pensó amargada.

No podía mirar a sus amigas.

"Pobre Susy". Seguro lo estarían pensando. "La pobre Susy".

De repente con una rabia exultante y con el alma desgarrada soltó sin aviso las crudas palabras.

—¡Decidlo! Vamos decidlo. Pobre Susy. Pobre la tonta y buena de Susy.

Las amigas se miraron sabiendo perfectamente porqué ella les decía eso, pero eran sus amigas, jamás la tratarían como a una víctima.

Yoli y Mía querían una Susy fuerte y alegre que sabían se escondía detrás de la perfecta interpretación de "esposa sumisa" que Oscar había forjado a fuego durante todos estos años. Querían verla luchar pero no por su matrimonio sino por su propia felicidad. Mía y Yoli entendiéndose perfectamente entre ellas le contestaron.

—¿Pobre Susy? —Habló Mía

—¿Pobre Susy? — Repitió Yoli —. Lo que estamos es envidiosas.

Mía corroboró las palabras de Yoli.

Susy estaba confundida y las miró a ambas como si se hubiesen vuelto locas.

62

—¿Qué envidia?

—Sí señora. Envidia. Estamos muertas de envidia
—. Yoli guiñó un ojo a Mía.

—¿Sabes cuántos hombres guapos hay sueltos en la
jungla? —Dijo Mía divertida —. Y eres libre. Libre para
salir a buscar y probarlos a todos.

—Y probar y probar y volver a probar. Sí señora.
Un mar lleno de pililas listas para mi amiga. ¡Uf! Perdón,
penes.

Susy las miró para al instante echar la cabeza hacia
atrás y reírse con fuerza y ellas no pudieron más que
seguirla. Susy las adoraba. Ellas intentaban guiarla por el
camino de la felicidad y las adoró por ello, pero era
necesario y obligatorio continuar con sus planes y recobrar
a su marido, claro está, sin que ellas lo sospecharan. O la
matarían.

Sabía perfectamente que no aprobaban su decisión
¿pero qué otra cosa podía hacer? No era una niña. Tenía 40
años. La vida no iba a esperarla, ni regalarle nada mejor.

El camarero polaco de ojos azules se acercó con
otra ronda de cafés y unos trozos de tarta de limón especial
de la casa. Cuando se estaba por retirar Yoli le preguntó.

—Juan. ¿Tú no tienes pareja no?

—Que yo sepa, ¿por?

—Por nada —. Y dirigiéndose a sus amigas dijo —.
Veis, un mar lleno.

Las mujeres se desternillaron de risa y el pobre Juan
se fue pensando que a las mujeres no las entiende nadie.

Las tres se despidieron pero Mía no llegó a
traspasar la puerta de su casa cuando su móvil estaba
sonando. Era Yoli.

—*Hola... Por supuesto que no le creo nada. Estoy segura que va a intentar volver con ese capullo, pero ¿para qué estamos nosotras sino para impedírselo?*

La sonrisa de Mía era de todo menos inocente.

—*Exacto amiga. Nos vemos mañana en el desayuno y lo organizamos todo.*

Mía continuó escuchando a Yoli y sabiendo perfectamente que esto era la guerra y debían rescatar al soldado Susy.

Eran como hermanas y mejor que nadie se interpusiera en su camino porque arrasarían con todo aquél que cruzase por su camino. Era su mejor amiga y ya se encargaría para que no volviese a sufrir por culpa de ese cerdo infiel. Y si eso significaba usar juego sucio, que así sea. Susy saldría de ésta con la ayuda de sus amigas y como la mismísima Scarlett en "Lo que el viento se llevó" dijo al teléfono.

—*A Dios pongo por testigo, que jamás volverá a sufrir... No, Yoli, no es de Pretty Woman*—. Rió divertida —. Aunque me gusta el nombre. Ese será nuestro Plan. "Plan Pretty Woman" en marcha.

Soy tu Nico

—Todavía no entiendo, ¿cómo me habéis convencido para venir aquí? —Susy no podía creer que estuviera en los jardines privados de uno de los clientes más importantes de Rurik.

—Por lo menos no te pareces a un pato adornado para el año nuevo chino —. Yoli se sentía totalmente perdida. «Todo sea por una amiga», pensó mientras se acomodaba el corpiño de *crêpe* tornasol con *lamé* de color plata que Mía gustosamente le había prestado.

—Estas guapísima. No seas tonta —. Susy la animó.

—Puede ser que no esté tan mal pero querida, tú estás des-lum-bran-te. Los hombres caerán como moscas a medida que te abras paso por el salón —y la hizo girar en el sitio — ¡Fantástica!

Mía se encargó del vestuario de las tres. Era la especialista en moda. Y la dueña de un armario lleno a rebosar. Susy lucía un fantástico vestido de tul rojo bordado que caía con suavidad hasta la línea del tobillo. Tenía un hombro al descubierto y la tela se recogía en el otro hombro, en una especie de nudo de lo más sensual. Su cabello brillaba sobre sus hombros en pequeños tirabuzones y sus ojos delineados con una finísima línea negra mostraban una profundidad aún mayor de lo humanamente posible.

—Para fiestas estoy yo... — Las chicas le rogaron y fue imposible negarse.

Otro mes caía en el almanaque y su queridísimo marido sin dar señales de vida. No quería llorar más. No lloraría más. Entre súplicas y sollozos Mía la convenció que sería una de esas reuniones la mar de aburridas. Rurik estaría ocupado hablando con jefazos de alta standing y la pobre Mía se sentiría tan sola... Rogó desconsolada y ella no pudo negarse.

—Eres hermosa —. Su amiga estaba feliz con los resultados.

El "Plan pretty woman" estaba en marcha.

Tuvo que exagerar un poquito y mentir otro pedacito o quizás bastante pero lo importante eran los resultados y Susy estaba donde debía estar.

«El fin justifica los medios». Mía afirmó confiada.

—Por favor, si pareces una diosa griega.

Susy enrojeció tanto como su vestido. Las chicas no dejaban de alagarla y ella no estaba acostumbrada a tantos piropos juntos. Su marido llevaba años sin regalarle los oídos. Esas mujeres demostraban ser su punto de amarre en los peores momentos.

—Gracias. Os quiero mucho —. Su voz tembló emocionada.

—Y nosotras a ti. ¿Intentamos acercarnos y disfrutar un poco?

Mía sonrió nerviosa. Resultaba gracioso comprobar que la primera acción del plan llegara de manos de su marido. Rurik le contó que el mismísimo Nicolás Bellpuig le llamó para preguntar por la amiga de su mujer y el interés que éste tenía en conocerla. El hombre pidió que de forma discreta fuera invitada al evento.

«¿Cómo la conoce?...Va, eso me da igual». Pensó divertida, lo importante es lo importante. Ese hombre era soltero, deportista, con empresa propia y guapísimo. No podría ser mejor. Era la oportunidad perfecta para que Susy se sintiera valorada y por supuesto olvidarse del gilipollas de su marido.

66

«¡Gracias Dios». Miró a lo alto. «Existes de verdad. Prometo ir a misa este domingo y ser una mujer diferente, más humilde, con mejor carácter y menos terca». Sonrió al cielo «Igual no puedo cumplir tantas cambios pero te prometo…»

—¿Se puede saber por qué miras las estrellas? —Susy preguntó intrigada.

—Nada, nada. Admiraba el cielo. Es una noche ¡preciosa!

—¿Estás bien? —Susy frunció el ceño desconfiada.

—Divinamente. Vamos al salón que quiero que todos admiren la maravillosa amiga que tengo —. Susy frunció el ceño aún más. Allí pasaba algo.

—Mira, Yoli está persiguiendo a los camareros con cócteles.

—¡Oh no! Catástrofe asegurada — Sonó divertida.

—¡Exacto! Vamos a por ella antes que nos deje sin bebidas —. «Y yo pueda comenzar con el plan».

No dieron más de tres pasos cuando Susy chocó de bruces con un poste trajeado que no tenía intención de apartarse. Al levantar la vista le vio y lo reconoció al instante. Cualquiera podría olvidar esa cara, ese pelo, ese cuerpo, ese todo.

—El cateto —. Susurró con lentitud.

—Prefiero que me llamen Nico pero contigo podría hacer unas cuantas excepciones —. Contestó sin dejar de devorarla con la mirada.

—¿Lo dije en voz alta?

—Me temo que sí querida —. Contestó un sonriente joven a su lado —y viendo que conoces tan bien a mi hermano, permíteme presentarme. Albert Bellpuig, a tu disposición.

Como un perfecto caballero inglés estiró su mano para besarle el dorso de la suya de forma gentil y seductora.

«¿Alguien saluda así en estos días?»

—Hola… Soy Susy Abellán —. Tembló un poquito pero ese hombre era tan… galante… tan educado y tan… diferente al cateto guaperas.

—Eres Abellán, interesante —. Albert miró a Nico con interés.

Su hermano Nico había movido cielo y tierra para agregar en la exclusiva lista de invitados un nombre de último momento. Susy Abellán. Ahora lo entendía todo.

Nico se quedó mudo. Algo nada típico en él.

El seductor, el depredador, el galante era incapaz de emitir palabra. Albert estaba a punto de estallar de risa. Por primera vez se notaba a Nico cayendo en manos de cupido y era demasiado divertido presenciarlo. Su hermano nunca se quedaba sin palabras frente a una mujer, incluso pudo notar algo raro cuando él la había saludado a la tal Susy, parecía un poco, ¿celoso?

«Era hora. Mi hermanito interesado en una mujer de verdad».

Nico estaba más que celoso, estaba furioso.

«A qué viene el numerito del beso en la mano. ¡Pero si lo aprendió de mí! Y ¿Por qué no lo hice yo?»

—Hermano, ya has demostrado tus estudios en Cambridge y vemos que eres un perfecto Lord inglés — ladró sin disimular —. Te presento a Mía, esposa de Rurik.

—Gracias, pero Albert y yo nos conocemos hace tiempo. ¿Cómo te encuentras?

Albert llevaba viudo poco más de dos años. Las pocas veces que coincidieron en eventos sociales, Mía notó su profunda tristeza y no pudo resistirse y acercarse. Él le contó lo duro de su pérdida y lo mucho que seguía amándola a pesar de ya no tenerla a su lado. Mía le sonrió con ternura.

—Como la vida nos permite. ¿Qué tal tú guapísima?

—Aquí me ves, con mi amiga buscando unas copas pero parece que no llegamos al camarero.

—Eso es imperdonable—. Divertido, Nico llamó al camarero —. Veo que te encuentras mejor. ¿Tomaste tu café? —Preguntó con ojos divertidos.

—Sí —. Y bajó la cabeza. «Cuando lo veo me pone furiosa pero me quedo atontada».

—¿Vosotros ya os conocéis? — Mía no pudo contener la pregunta.

— No.

— Sí.

— Ah —. Mía estaba realmente confundida.

—Verás —. Nico contestó divertido —. Yo iba en mi coche cuando nuestra Su se cruzó…

—No soy Su. Soy Susana y sólo para los amigos Susy —. Refunfuñó.

Nico continuó con su sonrisa plena y sin hacer caso de su advertencia.

—Cuando "Nuestra Su", se cruzó sin mirar la calle, frené de golpe y muy gentilmente intenté ayudarla pero ella no me dejó.

—¿Gentilmente? ¡Me llamaste idiota!

—Y tú me dijiste Cateto —continuó relatando—, entonces intenté gentilmente ayudarla y…

—¡Qué dices! Pensabas que te demandaría. Será mentiroso.

—Y entonces sin darme cuenta, sin explicaciones, nuestras miradas se cruzaron. Allí, en mitad de la calle... me encontré con los ojos más bonitos del mundo. Esos a los que te gustaría decirle "disfruta de tu día", "sueña conmigo", "no me olvides" o "ni te imaginas cuánto te he esperado".

—Que romántico —. Mía suspiró llevando una mano al pecho.

—Endiabladamente dulce —. Albert no ocultó su tono bromista.

—No fue así… —Susy estaba indignada —. No pasó nada de eso.

—Igual no para ti pero sí para mí —. Nico le guiñó un ojo.

—¿Se puede saber qué pretendes? — Susy estaba furiosa.

Albert y Mía escuchaban muy interesados.

—Estás diciendo una sarta de tonterías. Me estás avergonzando —habló entre dientes— ¿Por qué haces esto?

—Promete que te sentarás a mi lado en la cena y me acompañarás en algunas presentaciones y juro que ya no voy a continuar con el relato —. Le susurró sólo a ella.

—¡Me estas amenazando! Ni hablar.

—Entonces Su me dijo que era un hombre único… y….

—Basta. Ya basta. Está bien. Te acompañaré pero para de una vez de decir sandeces.

Albert y Mía se miraron divertidos.

—Albert, querida Mía, si me permiten, quiero mostrarle a Su nuestros jardines.

Sin esperar aprobación de los aludidos, Nico la tomó de la mano y la alejó del lugar sin mirar atrás.

—Podría decirse que eso fue un rapto en toda regla —. Comentó una Mía muy alegre.

—Me temo que sí querida. Mi hermano no está demostrando sutileza alguna.

—Sólo espero que no la lastime. Ella es un ser especial. Merece ser feliz.

—Mi querida señora, por lo que acabo de apreciar, si alguien puede resultar seriamente dañado, ese es Nico. Nunca lo he visto así de interesado por ninguna otra mujer.

—Entonces amiga y hermano deberán trabajar juntos para que nadie resulte herido y cupido acierte de lleno en sus corazones —. Y guiñó un ojo a su compañero.

Albert lanzó una carcajada y contestó.

—Cuenta conmigo. Es hora que ese tonto siente la cabeza.

—Perfecto. Y ahora acércame el brazo para que no se me hundan los tacones en el césped mientras te cuento el "Plan Pretty Woman".

—¿Pero esa no es la peli de una prostituta?

—¡No, hombre! Vosotros sois siempre tan simples. El fondo de la trama es la de una muchacha humilde y el triunfo del amor.

—¡Ah, por supuesto! Como no me di cuenta antes —. Y riendo esperó a que Mía se aferrase a su brazo para alejarse. Ambos marcharon juntos al salón deseando que el amor triunfe entre esos dos cabezotas.

—Puedes soltarme. No pienso escaparme

—Si lo hicieras no dejaría de buscarte.

Nico dejó claro que no estaba hablando de su presencia en la fiesta.

—Yo creo que deberíamos entrar. Te deben estar buscando —. Conseguía ponerla muy, que muy nerviosa.

—Yo creo que no. Además aún no te mostré mi sitio preferido. Vamos junto a la fuente.

—¿Sitio preferido? ¿Aún hay más? Por favor, si este jardín parece el Botánico de Madrid.

La pradera se mezclaba con una zona de frondosos pinos que la enmarcaban por todos los laterales de la finca. En la zona central habría por lo menos unos veinte manzanos, cada uno rodeado por un pequeño cerco de flores silvestres de colores azules y naranjas. Aquel jardín era el mismísimo Edén.

«¡Madre mía!, si hasta la parejita de ardillas que bajan para encontrar algún fruto en el suelo parecen haber sido colocadas a conciencia por un decorador divino».

—Es aquí. ¿Ves la fuente? Mi madre solía sentarse para escuchar el sonido de la cascada al golpear con las piedras.

—Es preciosa — .Susy no salía de su asombro. Era una verdadera obra de arte.

La fuente constaba de un gran salto en el centro que danzaba al compás de las luces. Unas más pequeñas en el lateral derecho bailaban con mayor timidez pero con igualdad de hermosura.

—Mi madre adoraba este sonido. Pensaba que las gotas del agua al caer producen una canción sanadora, una capaz de curar cualquier alma triste. No es verdad pero me gusta imaginar que así es —. Sus hombros cayeron apenados.

—La echas de menos.

—Muchísimo. Cuando vengo por aquí no puedo dejar de verlos a los dos. Mi madre siempre recostada en la gran piedra sonriéndonos mientras nos observaba jugar, y mi padre, sentado a su lado sin dejar de admirarla.

Nico miró a lo lejos.

—Sabes, él diseñó la fuente. La hizo construir para ella. Decía que la pila principal era mi madre y él era la pequeña que vivía bajo su cobijo. Su único sentido de vida era simplemente acompañarla en su baile de la vida.

—Eso es hermoso.

—La perdimos hace unos años pero mi padre viene aquí cuando comienza a oscurecer y le arroja un beso de buenas noches. Está seguro que ella los guarda para devolvérselos uno a uno cuando vuelvan a reunirse.

Susy secó una lágrima perdida. En su mundo era imposible que una pareja pudiera quererse con tanta pureza. Susy observó a Nico intrigada.

«¿Eres como tu padre?» Este hombre no parecía ser el estúpido arrogante que pensó en un primer momento. Parecía sentir cada palabra que decía. Incluso le mostraba unos sentimientos que no se avergonzaba de sentir.

«¿Los hombres hacen eso? ¿Demuestran lo que sienten?»

Eso nunca le sucedió a ella. Oscar era demasiado hombre como para demostrar nada más allá de la pasión sexual. Nico, en cambio, era tan guapo y adinerado que debería ser frío y falto de cualquier emoción, pero no era así. Lo había juzgado mal. Él le mostró su casa, los jardines, sus lugares preferidos. Le contó historias divertidas con sus hermanos pero por sobre todas las cosas, le abrió su corazón. ¿Pero cómo era posible? No la conocía. Este hombre no era normal.

«Es apuesto, gentil, educado, cariñoso… y me gusta... ¡Esto debe terminar ya mismo!»

—Nico, me pareces un hombre estupendo, simpático, muy guapo pero…

—¿Te parezco guapo? — Arqueó una ceja divertido.

—Eh…bueno… claro… ya lo sabes. ¿Estás sonriendo? Eres idiota. Yo me voy —. Estaba realmente avergonzada.

—¡Espera! No sonrío porque me crea guapo. Sonrió porque me gusta que tú me veas guapo —. La miró con esa mirada tan suya capaz de derretir los polos mientras la sostenía con fuerza de los hombros para que no escapara.

Un temblor le subió por el codo y le recorrió el cuerpo. Los dedos de ese hombre le causaban escalofríos.

—Con respecto a eso… te decía que… eres muy agradable… atento pero…

—Y guapo. No lo olvides.

—Sí. Y guapo —. Esta vez Susy no tuvo otra opción que sonreír— pero verás… yo no soy, en fin que no quiero crear expectativas falsas. Tú pareces muy directo y yo no soy totalmente libre y…

—¿Totalmente? Eso parece un casi libre. Me basta por ahora.

Nico sabía la historia de Susy al completo gracias a Rurik. Su amigo estaba preocupado por ella y quiso ser claro con él. Nico tenía fama de conquistador desinteresado y ni Rurik ni Mía permitirían que Susy sufriera aún más. Admiraba que Susy hubiera sido capaz de crear lazos tan fuertes y sinceros con sus amigos pero él no la dañaría. No la conocía mucho pero mientras más la veía, más la deseaba. No jugaría con ella.

«Pensándolo bien, quizás estaría dispuesto a enseñarle un par de jueguitos pero en casa y a solas». No pudo evitar que sus ojos chispearan lujuriosos.

—No. Tú no entiendes. ¿Por qué me miras así? — Susy estaba totalmente bloqueada. Este hombre la desarmaba con sólo mirarla.

«Se puede saber ¡por qué me tiemblan las rodillas!»

74

—Estabas casada —. Nico la ayudó a continuar con su relato.

—Todavía lo estoy.

—Pero no vives con él —. Dijo ceñudo.

—No —. Nico sintió que el aire regresaba a sus pulmones—. Pero hace muy poco tiempo que nos separamos y yo estoy…

Nico no la dejó terminar. No quiso escuchar. Tenía miedo de lo que Susy pudiera revelar.

—Estás asustada, dolida y todo lo que conlleva una separación —. Nico rogaba que ella afirmara sus palabras.

—Sí, puede ser pero yo… — era tan difícil contarle a Nico que debía conquistar nuevamente a su marido — …Tengo que… — no pudo continuar.

—Tienes que pasar el resto de la noche conmigo. Por favor… —Nico tenía una mirada lobuna.

La estaba atrapando. Otra vez.

—Su, a estas alturas sabes que me atraes desesperadamente y que muero por conocerte.

—No creo que esté bien —. Sus mejillas iban a explotar si seguía sonrojándose. «Dijo ¿atraer desesperadamente? ¿Morirse?»

—Por favor Su. No te pido más que esta noche. Una oportunidad. ¿Qué puede haber de malo?

—No entiendo. Sólo me has visto una vez.

—La verdad es que esta es la tercera pero eso te lo contaré otro día.

—¿Por qué yo? Soy normal —. Su voz era apenas un susurro —. ¿Has dicho la tercera?

—Desde que te vi estás en mis pensamientos y sé lo que quiero. Esos ojos tuyos cuentan miles de secretos que quiero desvelar. Tus manos son la suavidad que busco. Tu cuerpo me muestra una fidelidad que nunca tuve y quiero para mí. Sólo para mí.

Susy aspiró el aire agobiada con tanta sinceridad. En todos sus años de matrimonio no escuchó ni la mitad de sinceridad ni sintió la cuarta parte de dulzura que Nico le ofrecía en esos instantes.

—Conóceme. Danos una oportunidad ¿qué puedes perder?

—El corazón —. Susy dejo que su alma hablara sin pensar.

«¡Sí!» Esta era su oportunidad. Ella estaba expresando sus sentimientos y él no desaprovecharía semejante fortuna.

Nico se acercó, la tomó por los hombros y le regaló un casto beso en la frente. No se atrevió a más. Temía asustarla.

—Yo no pienso lastimarte. Jamás. Te prometo que quiero conocerte. Siempre esperé algo que sólo tú tienes. Eres hermosa y adorable— su voz era suave y sus narices casi se rozaban.

—No nos conocemos. Es imposible. Estas equivocado. Confundido, tal vez…

—Cariño, estoy demasiado crecidito para sentirme confundido o esperar semanas para saber lo que puedo o no sentir cuando conozco a una mujer.

Nico se atrevió y la abrazó con ternura. Estuvo a punto de gritar como loco al notar que su pequeño cuerpo cedía a sus caricias.

—Sabes, mi padre siempre dice que la persona más especial de tu vida llega en cualquier momento y sin pedir permiso. Yo siempre creí que era una tontería romántica pero ahora estoy seguro. Esas sensaciones son reales. Existen. Lo sé porque las siento cuando te veo. Su, no tengo ninguna necesidad de engañarte. No puedo explicarlo porque ni yo mismo lo entiendo pero sé que mi destino es conocerte. Tienes algo especial que me hace sentir diferente. Por favor, danos ésta noche. Sólo te pido cenar a mi lado y aguantar mis pisotones al bailar, eh… ¿qué dices?

—Mi padre era la única persona que me llamaba Su —. Contestó con profunda tristeza.

—¿Ya no está contigo?

—No. Falleció cuando era niña.

—Entonces, como nadie más te llama así, desde hoy serás Su, sólo para mí.

Nico se sintió estremecer por dentro y Ella se ruborizó como una adolescente. Esa mujer era tan auténtica y transparente que era imposible que fuera real, y él quería poseerla.

—Vamos al salón. Pronto servirán la cena y si no aparezco, mis hermanos vendrán a buscarme hechos una furia. Odiarían tener que dar el discurso de bienvenida —. Le guiñó un ojo mientras la tomaba de la mano deseando que ella no se apartara.

«No se soltó. ¡No lo hizo!» Ella le estaba dando una oportunidad y por Dios que pensaba aprovecharla.

Esa mujer le hacía temblar. Quería protegerla. Quería verla reír. Quería abrazarla. Quería tenerla en su cama, en su vida y en su todo. Eran sentimientos nuevos, inexplicables y lo hacían sentir demasiado vivo como para permitirse perderlos.

No me rendiré

—¿Susy deseas probar mis dotes de baile? Prometo no pisarte —. Albert habló con divertida seriedad.

—No gracias — .Nico contestó por ella.

—¿No te lo pregunté a ti? — Albert estaba disfrutando —. Además hermanito, te recuerdo que te esperan. Te debes a tu público. Eres director ejecutivo.

—No por elección —. Refunfuñó enfadado.

—Por lo que sea. Ve con tú público mientras yo me encargo de esta señorita. Ella debe bailar con un experto. Y ese soy yo.

—Lo siento —. Contestó Nico en tono de disculpa — pero es la música preferida de mi padre. Y como verás, aquí hay muchos carcamales.

—Sinceramente no tengo ni idea como se baila esto —. Susy sonó afligida.

—Quizás prefieras acompañarme en mis saludos. Contigo serán menos aburridos —. Nico intentó convencerla.

—No hermanito, te vas solo. Y será mejor que te apresures antes que Dany te ahorque por tener que cubrirte.

—¿Dany?

—Es nuestro hermano menor. Muy hábil en relaciones públicas pero sólo le gusta cumplir sus deberes sociales con señoritas de faldas muy cortas — . Albert le guiñó un ojo y ella sonrió.

—Entiendo. ¿Siempre eras tan correcto?

—Siempre —. Albert hizo una graciosa reverencia.

—Está bien. La dejo bajo tus cuidados. Debes protegerla con tu vida de valiente caballero o te machaco —. Nico no estaba nada feliz por dejarla en manos de su caballeroso hermano.

—Así será.

—Vuelvo pronto —. La miró con posesión y consiguió estremecerla antes de marcharse.

—Muy bien mi estimada encantadora de corazones, ¿se puede saber que sutil embrujo le has arrojado a mi hermano? —Albert la interrogaba mientras la sujetaba de la cintura para llevarla a la pista de baile.

Susy no podía dejar de reír. Albert era muy diferente a Nico. Con él se sentía tranquila, relajada. Nada de temblores, ni escalofríos, sólo complicidad y una conversación serenamente entretenida.

—Me temo que no sé de qué hablas.

—Sí mi querida. Lo sabes muy bien. Nico jamás ha demostrado en público tanto interés como el que demuestra contigo.

«¿De verdad? Tan evidente era lo que estaba pasando».

—Es más, podría asegurarte que en este momento, el dolor que siento en mi hombro se debe al puñal que me está clavando con esa mirada verde espinaca que tiene.

—¡Qué comparación más horrible! No es verde espinaca.

—¿No? ¿Y cómo es?

—Yo diría que es una mirada esmeralda profunda. Con pequeñas betas azuladas. Una gema apenas pulida...— Ella suspiró sin planearlo y Albert rió divertido.

—Y eso lo dice una mujer que no tiene ningún interés por mi hermano.

—Yo... — «Menuda metida de pata».

—Querida no te sofoques. Es difícil no percibir la corriente que salta cuando estáis juntos. Prometo guardarte el secreto. Creo que va a gustarme ver padecer a Nico por una mujer.

Cambiando totalmente de entonación Albert quiso ser claro.

—Susy, me caes bien, pero si haces daño a Nico, tendrás a dos hermanos muy pero muy enfadados.

—No pienso hacerle daño porque no voy a salir con él. No me interesa —. «Aunque sea guapísimo y me haga temblar».

—Por supuesto, lo que tú digas, pero si llegaras a salir con él y lo lastimases, nos herirás a todos, y sabrás que Dany y yo practicamos Jiu-Jitsu —. Su tono era de todo menos temible.

—Estáis muy unidos —. Era una afirmación más que una pregunta.

—No es simplemente eso, que también. Verás, Nico aparenta ser un hombre del día a día, muestra una fachada que refleja sol, deporte y disfrute, pero nosotros lo conocemos demasiado bien para saber cómo es.

—¿Y cómo es? — Susy no pudo resistirse y Albert estaba contento por el interés.

—Es divertido, alegre, no tolera las injusticias, adora los deportes al aire libre, le gusta sentirse parte de la naturaleza. Es un hombre con altos valores. No tolera la mentira ni el engaño. Siempre dispuesto a ayudar. Cuando casi te atropelló iba camino al rocódromo de vuestro pueblo. Allí da clases a niños con discapacidades.

—¿Te contó que casi me atropella?

—Querida, me temo que entre estos hermanos existen muy pocos secretos.

—Entonces, ya que lo conoces tanto y es casi perfecto. ¿Cómo es que no tiene pareja? —Las dudas la asaltaron —. No tiene pareja ¿no?

—¿Percibo un hilillo de celos?

—¡Absolutamente no! Simple curiosidad —. Contestó rabiosa.

—No existe nadie importante. Digamos que el no es tonto y sabe reconocer cuando una mujer se le acerca simplemente para pasarlo bien. Muchas mujeres no se interesan más allá de su coche, de su puesto de director de empresa o ¿cómo eran…? Ah sí… esos ojos verdes como una gema sin pulir.

—¡Por favor! era una simple comparación.

—Jamás pensaría otra cosa —. La sonrisa de Albert dejaba claro que no creía nada de nada.

—Y hablando del rey de Roma. Tendremos que dejar los cotilleos para un próximo encuentro.

—¿Qué cotilleos?— Nico no podía seguir alejado. Necesitaba estar cerca de Susy y aprovechar al máximo la noche que tenían por delante.

—Nada de importancia. Vestidos, zapatos, hombres guapos con miradas interesantes…—Contestó gracioso e intrigante.

—¿Hombres interesantes? ¿Alguno de quien deba preocuparme?— Nico no pudo evitar dirigir su pregunta a Susy y Albert río a carcajadas.

—Por supuesto que sí hermanito. Aquí mismo tienes un fiel ejemplo. Todos saben que cuando estoy cerca no existe mujer capaz de resistirse.

—Claro —. Nico lo fulminó con la mirada.

—Preciosa... — Albert habló con cariño —me temo que tengo que desplegar mis dotes sociales en otra parte. Además logro ver un pedido de auxilio desesperado en la cara de mi padre. Parece ser que la señora Fernández está más que dispuesta a raptarlo.

Ambos hermanos rieron a carcajadas.

Apretando su mano apenas le rozo los dedos con sus labios y con floritura se marchó dejando a un hermano muy contrariado. Nico era capaz de sentir celos hasta del aire que la rozaba.

Albert se marchó esperanzado. Por lo menos uno de ellos podría sentir su corazón latir. El suyo se enterró bajo tierra con su amada.

Si tú quisieras

—Lo siento pero después de estudiar tantos años fuera es imposible que podamos quitarle esos aires de Lord inglés—. Susy rió divertida.

—Mi hijo está de intercambio en Irlanda.

—Lo sé.

—¿Cómo lo sabes?

—Rurik.

—Ya claro, y me imagino que te contó todo lo demás —. Su mirada traslucía una amplia vergüenza.

—Digamos que sólo información general.

—No entiendo. Nos hemos visto una única vez...

—No

—¿Cómo dices?

—No me mires así, no soy ningún acosador —. Contestó divertido —. Digamos que simplemente estaba en el momento justo y en el lugar adecuado.

La primera vez fue en la boda de Pablo y por supuesto nuestro pequeño incidente automovilístico.

Una vez estabas de compras con tu amiga por las calles del centro cuando Mía me saludó pero tú ni siquiera me viste — . Nico mostró un tierno pucherito de niño triste —. Otra vez jugando al tenis con Rurik en su casa pero tampoco me viste.

—Sigo sin entender —. Ella dudaba.

—Su. No lo hagas.

—¿Hacer qué?

—Intentar explicar lo que no se puede o lo que no se debe. Veras, el sol ilumina y es así. Los niños se calman con un abrazo de su madre. Los gatitos son tiernos y tus ojos me desarman. No hay mucho que explicar.

Susy agachó la mirada.

—Te encontré. Sí, varias veces. Ya sea por suerte o por destino, no lo sé. Eres una mujer que me llama con el sólo perfume de su piel. Reclamas mis sentidos con cada pestañeo. Tu cuerpo me deja con la boca abierta como un niño ante una chocolatina, pero no pienso detenerme a pensar.

Nico hizo una pausa pero continuó decidido.

—No seas cobarde. Un café, un almuerzo, una oportunidad. ¿Quién sabe? ¿Igual algo más comprometido como una cena? — Sus labios se curvaron graciosos pero su mirada era voraz.

—No estoy acostumbrada a esto y no sé si…— La cabeza le iba a explotar.

—¿Acostumbrada a qué? A que te digan que tienes los ojos más bonitos del mundo o que posees un cuerpo en los que un hombre desearía perderse toda una noche y parte de la mañana, ¿es eso? —Su mirada era ardiente —. Simplemente hablar contigo es como si toda la dulzura que creía inexistente apareciera en mi vida sin pedirlo y no me avergüenza decírtelo.

—¡Para! Me mareas. ¡Me aturdes! — Susy se apretó el puente de la nariz y se arrepintió de sus modales tan bruscos —. Lo siento pero nunca nadie me dijo nada parecido. Nunca me he sentido especial con nadie. No estoy acostumbrada.

—Entonces será mejor que te acostumbres — le apretó la mano— porque tú eres una mujer que merece recibirlo todo y yo estoy dispuesto a darlo.

—Nico pareces un hombre sincero, dispuesto a…

—Y guapo — . Nico adoraba hacerla reír.

—Sí, y guapo.

—Eso está mejor.

—Déjame continuar, llevo muchos años casada. Mi vida no ha sido muy fácil. No creo ser capaz de poder recibir cariño ni estar preparada para esto. Necesito un tiempo sola. Debo pensar.

—¿Deseas seguir sufriendo? ¿Quieres aguantar todas las faltas de respeto que no te mereces? — Nico puso todas las cartas sobre el tapete. La derrota no era una opción.

—¿Sabes eso también.

—Sí, lo sé. Y déjame decirte que pareces una mujer demasiado inteligente para creer que es tu culpa. Ni tú, ni ningún ser humano, mujer u hombre se merece que tomen sus sentimientos como un trozo de papel mojado y lo tiren al vertedero. Todos tenemos derecho a amar y ser amado. Es nuestra elección. Es tú decisión.

—Sí, pero no quiero. No puedo.

—No te pido que nos casemos —comenzó a ponerse nervioso—sólo un par de salidas. Nada más. Vernos, conversar y si no me soportas puedes darme una patada.

Ella miró al suelo. Estaba dudando. Dos caminos, dos destinos.

—Por favor, Su. ¿Qué te parece si te propongo un desafío? Me das treinta días.

—¿Cómo?

—Sí, treinta días. Sólo un mes en los que aceptarás mi visión de ti. Me dejarás mostrarte lo que un hombre siente cuando en verdad quiere estar con una mujer. Un mes en donde pueda probarte lo que yo veo de ti. Lo que me pasa cuando te tengo cerca. Sin engaños ni mentiras. Un mes para ser la protagonista y única destinataria de mis atenciones. Regálame un mes y verás a un hombre que se muere por compartir todas tus sonrisas y borrar tu tristeza.

Ella sonreía y él estaba esperanzado.

—Seré la envidia de la mitad de los hombres en este salón.

—¿Sólo la mitad? — Su voz fue ardiente y osada.

«Por favor yo he dicho eso y con ese tono!»

Nico soltó una carcajada.

— Sí. La otra mitad ya están comprometidos y no querrás ser la responsable de tantas rupturas ¿no? Vamos Su. Sólo un mes. Si te cansas de mí. Si te aburro. Si te incomodo o no capto tu interés, el día treinta y uno ya no me verás nunca más. Su, todos los hombres no somos iguales

—Esto no me puede estar pasando.

—¿Qué cosa? ¿Tener un hombre cautivado y suplicando una oportunidad? Sí, es verdad.

—Me voy a arrepentir —. Dijo mordiéndose el labio inferior.

—¿Eso es un sí?

—Sí, pero ¡qué haces!

Nico la apretó por la cintura y la elevó como si fuera una niña pequeña.

—Bájame. Nos están mirando —. Su cuerpo pedía lo contrario que sus palabras.

Él la bajo lentamente. Suavemente. Sus cuerpos se pegaron al milímetro. Nico era fuerte, seguro y la hacía temblar. Esto no parecía correcto pero se sentía demasiado bien para plantearse dudas. Él la sujetaba fuerte por la cintura y ella se sentía deseada. La cara de Susy se enfrentó a un torso amplio, caliente y que la hacia arder. Por primera vez después de mucho tiempo se sentía una mujer con todas las letras.

—Su —. La voz de Nico era un susurro ronco —. ¿Me miras por favor?

88

Ella alzo la vista y sus miradas se encontraron. Estaban tan cerca que las respiraciones se mezclaban. Ella podía sentir su latir. Sus ritmos eran sólo uno.

—Nena, por favor perdóname.

—¿Por qué?

—Porque debería esperar pero no puedo — y levantando su carita desde la barbilla la empujó suavemente hacia sus labios y la besó sin pedir permiso. Sus labios se apretaban con premura, con ansias. Nico saboreó su ternura, su dulzor y ella se rindió al placer de sentirse deseada.

La sangre no es lo único que une

—Por fin nos abres. Llevamos tanto tiempo pegadas al timbre que parecemos estatuas de esas como la griega, ¿cómo se llamaba? Sí, La Úrsula.

—Medusa. Se llamaba Medusa. Y era un monstruo mitológico — . Mía siempre al rescate de su amiga.

—Bueno sí, esa, pero vamos al lío. ¡Cuéntanos todo!

Yoli no era mujer de perder el tiempo y se dirigía sin tropiezos rumbo al sofá del salón.

—Traemos café —. Mía mostraba las tres tazas con tapa mientras traspasaba la puerta de entrada.

—¿Se puede saber que estáis haciendo aquí tan temprano?

—Son las ocho en punto y llevamos horas aguantando como viejas la incontinencia, por lo cual, ¡déjate de chorradas! Toma el café, un pastelito y desembucha. ¿Qué pasó anoche? —Yoli no aguantaba más.

Revolviendo el café con la mayor de las calmas Susy se sentó en su sofá y habló relajadamente.

—Igual sois vosotras las que tenéis que contarme algunos detalles.

Las dos amigas se miraron desconcertadas.

—Por ejemplo. ¿Por qué fui a esa fiesta? O mejor dicho ¿Por qué mis amigas no me informaron lo que me esperaba?

—No seas jodida. ¿Contarte que un tío más guapo que el Clooney sin camiseta quiere mandanga contigo?

Tratando de suavizar las palabras de Yoli, Mía aclaró.

—Susy, si te hubiésemos comentado que un hombre educado, dulce y guapísimo lleva acosando a mi marido para conocerte, ¿habrías ido de buena gana y te habrías dado la oportunidad a ti y a él de conoceros? Yo creo que no.

—Sabes que no. Pero sois mis amigas, me deberías...

—Déjate de acusaciones sin sentido y dinos todo lo que pasó. Te perdimos al principio de la noche y ya no pudimos encontrarte, estábamos más que preocupadas pero cuando te vimos en el jardín, en brazos de un hombre de rechupete, cambiamos el miedo por envidia —. La picardía saltaba de las pupilas descontroladas de Yoli.

—¿Me vieron en el jardín?

—No mucho —. Mía intentó parecer discreta.

—No, no mucho. Sólo esos brazos fuertes espachurrándote con tanta fuerza que creo que has adelgazado dos kilitos —. Acusó divertida Yoli.

—¡Yoli!

—¡Ah! por favor. Somos mujeres adultas. Ese hombre está para mojar pan y no desperdiciar miga. Ella está separada. Es una mujer libre y se merece conocer un tío que le haga bailar "reggaetón" en horizontal.

—Viéndolo así —contestó Mía muerta de risa— comienza a contar sin saltarte nada.

Susy les relató todo lo sucedido incluida la petición de los treinta días.

—¿Y? Habrás dicho que sí —. Mía temblaba nerviosa.

—Sí. Pero ahora en frío, no estoy muy segura.

—¡No estás segura! El tío más guapo, listo y educado de todo Madrid te pide una oportunidad ¡y no estás segura! Agárrame que la estrangulo —. Mía prefirió sostener a Yoli del brazo.

—Entiende. Es muy pronto.

—¿Pronto para qué? ¿Pronto para dejar de lado al cerdo que te engañaba con la zorra de la nota y con la prima de Rurik? ¡Y con todo bicho que llevara falda!

—¡Yoli! — Mía intento acallar a su amiga pero el daño ya estaba hecho.

Otra verdad a la luz. Otra mentira. Otra infidelidad y otro dolor para Susy. No era justo.

—¿Qué has dicho? La prima de... ¡Eso no es verdad! Mía dile que no es verdad —. Las lágrimas no le permitieron continuar —. ¿Por favor? Mía por favor... por... favor...—La voz se iba perdiendo en el silencio de la desesperación.

—Lo siento —. Mía también lloraba.

—Por qué no me lo contaste? ¿Por qué no dijiste nada?

—Fue el día de la boda de Pablo. Me enteré por casualidad. No quise sumarte más penas —. Las lágrimas de su amiga no le permitieron continuar.

—¿Cómo pudiste? ¡Jamás te lo perdonaré!

Mía se sentía fatal. Ni el mismo Judas era más traidor que ella. Su intención no fue mala, simplemente no quería más sufrimiento para su amiga.

Susy se sentía derrotada. La realidad la había pisoteado otra vez. La esperanza de algo mejor se desvanecía a pasos de gigantes. Quería huir de allí inmediatamente pero sus piernas no le respondieron.

Yoli no tenía estudios pero conocía demasiado bien a las personas como para saber lo que allí estaba comenzando a suceder y no lo permitiría. Sus amigas no se distanciarían y menos por culpa de un cerdo, canalla, infiel y mentiroso. De eso nada. ¡Antes muerta!

—Susy —intentó hablar con calma—siento mucho ser una lengua suelta. Soy una tonta que no sabe callarse ni haciendo buceo, pero por favor, no te descargues con nosotras. Sabes que te queremos. Somos hermanas de la vida. Mía y yo cruzaríamos el charco y llegaríamos hasta Canadá si allí estuviera la felicidad para ti. En esta historia existe un único culpable y no somos nosotras —la abrazó acariciando su suave cabello —. Te queremos tanto que odiamos cada lágrima que derramas. Él te hace sufrir pero la decisión de estar con él o no es y será siempre tuya. Los demás sólo somos espectadores de una película que no podemos cambiar, por mucho que queramos.

Susy se secó las lágrimas sin responder. Mía lloraba sola en un rincón del sofá. Estaba congelada. No podía moverse. Susy respiró hondo y estirando el brazo apretó su mano.

—No vuelvas a ocultarme nada. No importa lo duro que sea.

Mía se abalanzó contra los dos cuerpos que tenía delante. No podía sentirse más orgullosa de ellas.

—Lo prometo —. Contestó secándose la cara.

—Y ahora que está todo aclarado —. Yoli secó sus mejillas —. ¿Nos vas a contar si tiene todo tan duro como se aprecia?

Las tres rieron entre lágrimas mientras continuaban con el café y los bollitos.

—Sí —Yoli y Mía se miraron sin entender muy bien.

—¿Sí?

—Sí. Estoy segura de darle los treinta días —y las miró divertida —. Y sí, está duro como una roca.

Las tres pasaron de las lágrimas a la euforia en menos de un segundo.

—Entonces brindemos por nuestro hombre — . Yoli levantó la taza en alto —. ¡Y por sus partes duras!

—Eso, eso...

—Sois unas burras —. Susy al fin sonaba esperanzada.

Las tres siguieron hablando y riendo hasta que el pitido del WhatsApp las distrajo.

—Es tu móvil —. Yoli señaló a Susy.

Nico
Buenos días. Acabo de despertar y muero por verte, ¿un café?

—Ejem… ¿se puede saber de quién es el mensaje? — Mía no necesitaba respuesta

— Qué dice!

—Que si tomamos un café.

Yoli les arrebató las tazas descartables de sus manos y las arrojó a la basura.

—¿Pero qué haces?

—Dile que sí. Aquí no queda más cafeína. Y arrastrando a una Mía desconcertada continuó —. Nosotras ya nos ibamos.

—¡Chicas!— Ambas se detuvieron al instante.

—Os quiero.

—Y nosotras a ti cariño —. Le gritaron desde el portal —pero ¡ve a ducharte! Disfruta y no te niegues nada. Todo lo que él quiera darte es simplemente menos de la mitad de lo que tú te mereces —. Mía le tiraba un beso al aire.

—Gracias.

Una vez cerrada la puerta Yoli saltaba descontrolada sobre ella misma.

—Ah…Sí, sí y ¡sí!

—¡Yoli! ¿Y ahora que pasa?

—¡Me muero! Por Dios. Viene para aquí. Viene a buscarla.

Yoli apretó a Mía, que contagiada con la alegría de su amiga, comenzó a dar los mismos saltos de fan alocada.

Sólo tú puedes verme

«Cómo se puede estar tan guapo con sólo unos pantalones vaqueros y una camisa». Era humanamente imposible que unos simples vaqueros pudieran sentar mejor a un hombre. Nico no era de este planeta. Por lo menos no del planeta en donde ella solía moverse.

Tanto ella como las otras madres siempre corriendo de un lado a otro intentando cumplir lo mejor posible con sus obligaciones, no solían encontrarse con este tipo de hombres. Le echó otra mirada indiscreta de arriba abajo y pensó que definitivamente Nico no era el tipo de hombres que ella solía chocarse en la puerta del cole o del súper.

Cabello desprolijamente arreglado. Cintura ni ancha, ni estrecha, simplemente maravillosa. Piernas largas que daban apariencia de delgadas pero que dejaban entrever unas pantorrillas tan bien musculadas que darían envidia al mismísimo ángel caído. La camisa de un blanco impoluto resaltaba aún más ese bronceado conseguido con horas de deporte al aire libre. Y como si esto fuera poco, llevaba las mangas subidas a la altura justa por debajo de los codos. Y sí, allí estaban esos brazos fuertes y cálidos capaces de dar el mejor de los consuelos.

«¡Por favor. ¡Susy cierra la boca! Deja ya de babear y de pensar en ese pelo aún húmedo y ese mechón tan bonito y rebelde que le cae en la frente. Tan cálido y rebelde como su dueño. Y ese aroma que desprende tan propio de él. ¿Madera, con hierbas y cuero?»

Respiró con profundidad mirando la carta.

«¡Qué Dios me ayude! Es imposible tenerlo en frente y no desear estar acurrucada a su lado. ¡Basta Susy! ¡Basta ya! Eres una mujer adulta. Tú puedes, tú puedes repite…»

—Dios, tú puedes…

—Claro que puedes, ¿pero necesitas a Dios para escoger entre un café o un té? Su, ¿estás bien?

—Sí —además de babeante ahora soy una loca que habla en voz alta —estoy perfectamente.

—¿Te apetece uno de los *brunch* de la carta? Es un poco tarde para desayunar y muero de hambre.

—Por supuesto.

—Seguro que no estás afiebrada —puso su mano en la frente de ella—estás caliente y con la mirada perdida —. Nico comenzó a preocuparse por la distracción de su chica.

—Estoy divinamente —«Si tienes en cuenta que me tiemblan las piernas, el corazón me va a mil por horas y me lanzaría a tus brazos». —¡Estoy perfecta!

—Estupendo porque yo estoy encantado de tenerte toda para mí —. No podía disimular su alegría.

«Lo que faltaba. Y ahora esa sonrisa de anuncio. ¡Sé puede saber de dónde sacaron el molde sus padres!»

Guapo a rabiar, atento por demás, alegre y de buen comer, según parece.

—¿Te vas a comer todo eso? —Quiso hablar de banalidades para no tener que mirar esa precioso hombre de cartelera de cine.

—Me temo que sí. Anoche estuve de fiesta con una señorita de ensueño y esa señorita me tuvo tan entretenido en sus ojos que casi no cené —. Y le guiñó un ojo pícaramente.

—O quizás la señorita intentó darte espacio pero tú no la dejabas —. Susy estaba aprendiendo a responder a las travesuras dialécticas de Nico.

—O quizás, tal vez, la señorita pudo sentir lo fuerte que eran mis brazos cuando la sostenían y el maravilloso aroma que desprendía su cuerpo cuando mis manos la tocaban y la acercaban más a mí —. El cuerpo de Nico se recostaba sobre la mesa hasta casi tocarse con la frente de Susy —. Igual ella y yo sólo podíamos pensar en seguir acariciándonos.

La pobre mujer no pudo evitar sonrojarse al recordar el beso que se ofrecieron en el jardín. Ese maravilloso y perfecto beso.

—Un hombre de mi tamaño necesita estar fuerte. Nunca se sabe cuándo tendrá que envolver con su cuerpo y proteger a una preciosa mujer en un jardín sólo iluminado por la luna.

Estaba siendo un poquito granuja pero era adorable verla con esas mejillas bañadas por los colores de la vergüenza. Y ese mordisquito que Susy había comenzado a darse en el borde del labio inferior lo estaba matando. Tenía el labio rojo y humedecido y él sólo podía pensar en morderla completa hasta hacerla suspirar.

Susy no habló. Estaba muda. Pero literalmente muda y Nico pensó que debería dejar la picardía para más adelante. Susy no era uno de sus ligues. Ella era diferente y él le daría todo el tiempo que necesitara. Intentó enfriar el ambiente que sus palabras ardientes habían dejado.

«Es demasiado pronto para lanzarme sobre ella, derrumbarla en una mesa y comerla a mordisquitos o hacerla que llore pidiendo más y entonces abrirle la camisa y… Mejor pensar en otras cosas. ¡Ya mismo!»

Su entrepierna endurecida suplico lo mismo.

—En un par de horas tengo clases con los niños —. Comentó mordisqueando el desayuno con muchas ganas.

—¿Niños?

—Sí. ¿No lo sabías? Doy clases a un grupo de niños en el polideportivo del pueblo. Hoy nos toca entrenamiento en rocódromo y te garantizo que tengo que estar en plena forma física porque esos pitufos tienen la capacidad de terminar con cualquier entrenador en menos de una semana —. Sonó divertido.

—Pensé que tenías tu propia empresa. ¿Trabajas como profesor?

—No exactamente. Mi trabajo legal es la empresa familiar pero mi trabajo de corazón son los deportes. Dedico los ratos libres a enseñar a niños con discapacidades. Intento que comprendan los valores de la vida a través del deporte al aire libre.

—¿Cómo cuáles?

—Verás, cuando escalamos, cada miembro del equipo debe cuidar del otro. El compañerismo es fundamental en la montaña. El trabajo en grupo y las consecuencias de no estar unidos les demuestra lo importante de contar con alguien que los apoye, los proteja, además del respeto al ser humano. Cuando escalamos nuestro compañero confía en nosotros y nosotros confiamos en nuestro compañero. Ese es nuestro lema.

«Guapo, inteligente, tierno. Y sigue sumando». Susy escondió la cara en el café.

«¿Cómo se supone que voy a salir indemne de todo esto? ¡Pero si casi estoy tonta por él! Es divino por fuera y resulta que también lo es por dentro».

—¿Seguro que te encuentras bien? Es como si de repente no estuvieras aquí.

—Sí, sólo pensaba como alguien que tiene todo lo que tú tienes, dedica tiempo a niños a los que a veces ni sus padres les dedican tiempo.

—¡Por eso mismo! Mis padres nos dieron tanto que a veces pienso que la vida es simplemente cuestión de suerte. Como si el azar realizara jugadas decidiendo en qué lugar, sitio o familia naces. Como si alguien repartiera números de lotería y un simple acto de la fortuna marcara nuestros destinos para siempre.

—Eso es cierto. No todos tuvimos el número correcto en el azar de la vida —. Susy no ocultó la tristeza de una vida sin suerte.

—Exacto. Sólo quiero darles un poco de lo que yo sí tuve la suerte de recibir. Mis padres se amaron y nos amaron sin condiciones y es lo que quiero hacer. Me encantan los críos y ver cómo avanzan como personas, esas sonrisas cuando me ven entrar, es maravilloso. Ellos no saben que me dan mucho más de lo que reciben

De repente Susy sintió que quería saber más de ese hombre. Nico era algo más que una estupenda fachada. Le apetecía conocerlo a fondo. Quería conocer hasta su secreto más escondido. Quería saberlo todo.

—¿Vives con tus hermanos?

—¿Qué? No, Gracias. Mis hermanos son insoportables —. Ladeo la boca haciendo una mueca.

—De eso nada —Susy negó con la cabeza —. Anoche Albert me pareció un hombre educado, agradable y tiene una conversación de lo más interesante.

—Lo que yo digo, insoportable —sus labios se curvaron en una dura mueca—pero no es tan guapo como yo ¿no? —No podía perder ninguna oportunidad en ver ese delicioso brillo en la mirada de Susy.

—¿Sigues con esas? Ahora que lo mencionas. Sí, lo es. Es guapo y mucho —. Sus gestos resultaron firmes.

Nico lanzó una carcajada. «¿Había querido ponerlo celoso?» Estaba claro que el comentario no había tenido el efecto deseado. Nico era un hombre demasiado experto en el arte de la conquista.

—Ya ves, mi queridísima Su, somos una familia de hombres guapos ¿pero te cuento un secreto? — y le acercó sus labios a los oídos—desde niño le huelen los pies.

—Nico, por favor —. Soltó una carcajada.

—Venga. Tengo que dejarte en casa sana y salva antes de irme o te subiré a mi coche y te raptaré. Tú tendrás que llamar a la Guardia Civil y no me quedará otra cosa que confesar la pura verdad.

—¿Y cuál sería? — Ella le siguió el juego.

—Les diría que soy culpable. Que no puedo separarme de ti. Que disfruto cada momento a tu lado y que si me dejan volvería a raptarte tantas veces como pudiera.

—¿Siempre eres así?

—¿Cómo? Divertido, sagaz, inteligente, atractivo, irresistible...

—¡Y modesto! —Ella no paraba de reír —. ¿No te tomas nada en serio?

—A ti. Sólo a ti.

Susy enmudeció.

— Y ahora, ¿en qué piensas? Tus ojos siempre me lo cuentan todo.

—Pensaba que por alguna razón, ahora que estoy hablando contigo, es como si éste Nico no encajara nada con el que se encontraba dando el discurso en la fiesta de anoche.

Nico se sintió eufórico. Daba saltos de alegría. Ella captó su verdadera esencia en sólo unas horas.

—Explícate.

—Veras, te gustan los deportes al aire libre, te gusta ayudar, está claro que no te importan las clases sociales y si a eso les sumo tu aire desenfadado y pícaro, no me encaja con un hombre de empresa de negocios internacionales.

Nico podía dejar de sentir como su corazón saltaba sin control. No se había equivocado. Esta mujer era diferente. La diferencia que él llevaba tiempo buscando. La diferencia que le hacía verlo como realmente era. Un hombre que quería amar y ser amado, sin límites, sin condiciones. Un amor que significara más que una mansión, un descapotable o una tonta empresa. Un amor en donde un sofá, una manta y sus cuerpos entrelazados dándose calor fuese lo único importante. Además de su madre, nunca una mujer logró ver lo que existía en su interior. Ninguna excepto ella.

Las mujeres con las que había estado, sólo veían coches, cenas caras y un hombre atractivo pero él se sentía más que aquello. Él quería el amor verdadero. El mismo que había podido ver en sus padres mientras crecía. Ese era el motivo que le gustaran tanto los niños. Ellos sí eran capaces de conocerlo. Ellos lo veían tal cual era.

—Lo que no entiendo es ¿Por qué eres el Director ejecutivo?

—Te explicaré, no debería serlo. Ese puesto le corresponde a mi hermano Albert pero al morir su mujer, el simplemente no pudo continuar. La amaba mucho y no fueron momentos fáciles para ninguno de nosotros. La pérdida de nuestra madre, la muerte del amor de su vida, simplemente fue muy difícil de asumir para Albert. Simplemente alguien debía hacerse cargo de la situación y yo justo pasaba por allí.

—Entiendo —. Albert era un hombre muy guapo pero al hablar con él, ella notó ese fondo de tristeza que sólo mostraban aquellas personas que habían sufrido mucho, y de eso sabía bastante.

—Al principio pensé que serían sólo unos meses pero digamos que el tiempo se alargó. No quiero presionar a

Albert. El tiempo le ayudará a curar tanto dolor y yo siempre estaré allí con él.

Y estirando la mano no pudo evitar acariciar su rostro.

—Su. ¿Tienes algún compromiso en el siguiente par de horas?

—Ahora mismo no. Estoy sola, ¿por?

—Entonces está todo dicho —. Y tiró de su mano para ponerla en pie.

—¿Qué?

—Nos vamos al rocódromo. Te va a encantar.

—Pero no estoy preparada.

—Estás perfecta, además, tendré que demostrar con pruebas como una hermosa mujer me secuestró y me hizo llegar tarde cinco minutos. Esos críos son terribles, ¡pueden llegar a pedir mi horca! —Y le apretó la mano para no soltarla.

—Imagino que harían eso —. Con una sonrisa más que amplia no pudo continuar.

Nico la hechizaba y no tenía ninguna posibilidad de vencer. A más tiempo pasaba con él, se sentía más sensual, más viva, más mujer.

—¿Entonces ya no me quieres raptar?

—Cariño, por ahora simplemente voy a capturar esa maravillosa sonrisa, esos labios dulces y los meteré en un cofre en donde sólo yo tenga la llave. Y después, con tiempo, iré conquistando tus fuertes latidos de pasión, tus temblores de amor, tú piel salada por el deseo, tú cuerpo ardiente por mis caricias —. Nico se acercó y acarició con suavidad sus mejillas —. Y entonces sí, te raptaré y serás sólo mía —. Y la besó con la urgencia y la desesperación de un hombre que ya no puede aguantar.

Es amor

Una semana después...

Una semana atrás no dejaba de llorar por las continuas traiciones de un marido infiel. Oscar no daba tregua con sus continuas actitudes de desinterés, reproches y un mar de mentiras e infidelidades que parecían no tener fin, sin embargo, sin explicarse cómo, allí estaba otra vez, riendo con las ocurrencias de un hombre. Allí se encontraba, en el salón de la preciosa casa de Nico, esperando cenar su "maravillosa e intrigante especialidad", que por supuesto no quiso revelar. Nico no le permitió acercarse a la cocina. Le ofreció una copa de vino y se marchó veloz como el viento.

«¿Qué estará tramando? Mejor no preguntarse».

Y allí estaba otra vez en sus labios. Esa perpetua sonrisa que el sólo pensamiento en Nico le provocaba. ¿Sería verdad eso que muchas mujeres comentaban sobre la felicidad del amor verdadero? ¿Sería eso lo que le estaba pasando? ¿Era posible que una mujer se sintiera feliz, amada y respetada sin ninguna sombra gris de temor?¿Podía ser que un hombre pudiera reemplazar tanto dolor por alegría en una mujer tan dañada como ella? ¿Podría ser verdad lo que sus amigas le decían sobre el amor verdadero y la felicidad de sentirse amada por alguien que piensa en ti como una mujer que vive, siente y necesita?

Alguien que no exige sino que se entrega con sinceridad. ¿Podría una mujer con experiencia enamorarse simplemente de la sencillez de una sonrisa, un abrazo, una caricia o una cena?

—¡Ta chan! Ya estoy aquí —. Nico aparecía triunfal con una fuente que mostraba un pollo asado.

Tenía buena pinta pero no dejaba de ser un pollo, un simple y común pollo asado, pero él lucía tan orgulloso con su fuente que Susy no pudo más que seguir sonriendo, como siempre cuando estaba a su lado.

—Tiene una guarnición de puré de calabaza hecha por mi mismo.

«¿De verdad está orgulloso por haber preparado un pollo al horno con puré?»

Inmediatamente le sirvió un plato y no quitaba sus ojos de ella esperando como un niño la aprobación.

—¿Te gusta? — Parecía afligido.

—Por supuesto. ¡Está riquísimo!

Nico era tan diferente a lo que se veía a simple vista. Hijo de empresarios adinerados, dueño de un par de coches, una casa de escándalo, pero allí estaba, descalzo, con unos vaqueros rotos y una simple camisa sirviendo un pollo asado, con todo su orgullo masculino.

—Gracias —. Nico no pudo evitar el resoplido que ocasionó al volver a respirar.

—También tengo postre.

Sonó tan deseoso por demostrar sus cualidades de chef que Susy fue incapaz de realizar ninguna broma al respecto.

—¿Y se puede saber qué es? —Contestó con la seriedad que el momento requería.

—Sólo helado de chocolate y fresa. Las recetas de postres se me resisten bastante.

«¿Ese frunce de labios era un puchero de niño avergonzado? Por favor, si me lo como».

—Me encanta el helado —. Era un niño divertido.

—Y a mí —. Susy estaba pletórica.

106

Ambos hablaron y rieron como si las horas no pasaran y los planetas giraran simplemente para que ellos pudieran estar juntos. Con Nico todo era sencillo.

No importaba el problema que se le planteara, él siempre encontraba una respuesta positiva a todo. Las palabras nunca eran un relleno vacío para cubrir ratos incómodos. Con Nico hasta los silencios eran momentos agradables. Las horas se pasaban sin que ambos se dieran cuenta.

—Vamos

—¿A dónde? — Nico sonrió divertido.

—No pienso aprovecharme de ti, por ahora… — Contestó sonriente —. Simplemente quiero mostrarte la terraza.

—Perdón —. Susy agachó la cabeza apenada.

—¿Perdón?

Susy se dejó caer en el sofá y cerró las manos en su cara.

—¿Su? ¿Qué pasa? Pensaba que estábamos pasando una bonita velada.

—Sí. Por supuesto. Es hermosa. La comida es estupenda. Tú eres estupendo.

Sus lágrimas se escurrían entre los dedos que intentaban contenerlas.

—¿Entonces por qué lloras?

—Nico… Nico… yo…—Tenía que ser valiente.

—Eres un hombre estupendo.

— Gracias, pero eso ya lo has dicho.

—Por favor no me interrumpas —. Nico asintió con la cabeza —. Eres un hombre genial. Cuando estoy contigo todo es tan fácil, tan sencillo. Desde que te conozco no he dejado de sonreír y eso es gracias a ti. Llevo tantos años sin ser feliz que hasta hoy no me había dado cuenta de lo importante que es sentirse viva. Y eso también es gracias a ti. ¿Pero yo, no sé qué hacer?

—Entonces no hagas nada. Simplemente vive. Vive y sonríe para mí.

Nico se acercó lentamente. Temía asustarla pero la deseaba tanto que su cuerpo quemaba. Sin separar sus miradas levantó su cara por la barbilla suavemente y la besó.

Quiso ser delicado. Ella estaba asustada, pero sus ganas de poseerla no le permitieron razonar. Su boca simplemente comenzó a devorarla sin permiso. Sus besos no eran suaves, pero no podían serlo, llevaba demasiado tiempo esperando el momento justo. Necesitaba sentir que ella lo aceptaba. Verla, tenerla y no tocarla lo habían convertido en un completo santo y ya no estaba dispuesto a seguir así. La quería suya en cuerpo y alma. Sus manos recorrían el cuerpo de ella como un hombre sediento frente a un manantial. Tenía que detenerse. Necesitaba saber que ella lo aceptaba plenamente. Sin miedos. Sin resistencia emocional.

Respiró profundo. Apenas separó sus labios para mirarla directamente a los ojos. Sus narices se rozaban en la punta.

—Su. Vive, sonríe y ama para mí.

Sus corazones latían frenéticamente. La desesperación por poseerla era extrema pero él lo necesitaba. Quería que ella le permitiera amarla.

Una mirada de aprobación, una palabra, lo que sea, pero lo necesitaba.

—Su, cariño —. Su voz ronca no lo dejó terminar —. Quiero hacerte el amor.

—Nico… yo…

—¿Sí? — Contestó con voz ronca.

108

—Quiéreme, necesito sentirme deseada —y estirando lentamente sus brazos en toda su longitud sobre los hombros de Nico, lo besó con todo la vitalidad que sólo una mujer ardiente es capaz de ofrecer.

—Sí, mi vida. Sí…Voy a darte lo que necesitas. Quiero enloquecerte… —Susy sonrió —. Dios, me vuelves loco —. Y la besó fervientemente mientras la llevaba en brazos a su cuarto. No podía esperar más. Tenía que ser suya. Su piel ardía por rozar la suya.

La recostó en su cama y no dejó de mirarla de forma hambrienta mientras se quitaba la camisa. Ella estaba a punto de quitarse el collar cuando él la detuvo con su mano.

—¡Ni se te ocurra! Llevo demasiado tiempo soñando con esto.

Nico lentamente fue quitándole cada pieza de ropa, dejándola caer al suelo hasta tenerla totalmente desnuda.

—Eres preciosa —. No dejó de acariciar con su boca cada rincón de ese maravilloso cuerpo. La aprisionó contra la cama y pudo notar lo bien que encajaban.

—Eres espectacular.

Nico subió las manos hasta encerrar su dulce cara y cubrirla de suaves besos mientras ella buscaba su boca exigiendo un beso con plenitud. Nico respondió con un gruñido de placer. Ambos se besaban con ferocidad, con necesidad descontrolada.

El poco sentido que Nico pudo haber tenido sobre su pasión ardiente se perdió completamente cuando ella comenzó a subir sus caderas y frotar su cuerpo contra el suyo. Nico bajó su mano hasta alcanzar sus pechos sonrosados. Susy jadeaba con cada caricia y Nico presionó con su rodilla las piernas para sentir su suavidad femenina.

—Nico…— ella jadeó y en ese momento, al escucharse, pensó que nunca había sido tan descarada. Pero eso ya no importaba. Era Nico. Con él todo estaba permitido. Todo estaba bien.

Él se movió inquieto intentando bajarse los vaqueros de forma desesperada hasta quedar totalmente desnudo junto a ella.

—Su. Mi vida. Por favor mírame —. Ella obedeció y ese fue el último momento de coherencia que pudo tener.

Ambos se miraron con ardor y Nico se situó con suavidad sobre su pequeño cuerpo. Sus codos sostenían su peso, tenía miedo de lastimarla. Ella parecía ansiosa y él estaba dispuesto a hacerla disfrutar hasta el último aliento de su pasión.

—Deja que entre en ti cariño —. Susurró sobre sus labios.

Susy abrió sus piernas ofreciéndole el permiso que él buscaba. La pasión ya ardía intensamente cuando Nico se introdujo con lentitud en su humedad y pudo sentir como su calor lo apretaba y envolvía con suavidad.

Con cuidado se movió dentro del cuerpo de su chica hasta sentir como ella subía las piernas para apretar con fuerza su cadera.

—Mi vida sí, así.

Nico intentaba ser suave pero perdió toda delicadeza cuando ella gimió necesitada. Comenzó a moverse con mayor celeridad y sus cuerpos comenzaron a chocar con desesperación.

—Cariño, no puedo. Te necesito. Quiero llenarte por completo.

—No pares. No pares…

Nico intentó memorizar su imagen desnuda y con el pelo alborotado sobre su cama pero la niebla de la pasión no

110

le permitió hacer mucho. Le urgía moverse y enterrarse una vez y otra más. Su cuerpo se lo reclamaba.

Verla tan apasionada, tan ardiente le volvía loco y sin control. Levantó las manos y le acarició los senos provocando que ella acompasara el ritmo con mayor velocidad.

—Sí cariño, eso es. Sígueme.

Cuando sintió que ella estaba en plena tensión supo que era el momento. Alcanzaría la cúspide con él en su interior. La apretó con fuerza y mientras cubría su boca con un fuerte beso apresuró los embistes. Aferró sus caderas y la mantuvo firmemente unida hasta absorber en su boca el gemido de la culminación.

Susy se fundió en sus brazos y Nico la penetró con profundidad mientras con un último gruñido se derramaba en su interior.

Ambos respiraban jadeantes y felices.

Nico apenas fue capaz de levantarse. Con cuidado se incorporó, arrojó el preservativo a la papelera y se acostó a su lado mientras la abrazaba con fuerza.

—Eres genial.

Susy no fue capaz de hablar. La somnolencia de la pasión la arrastró en sus brazos y se adormeció sobre el pecho de Nico como si ese fuese su sitio natural.

El joven la acarició emocionado por sus sentimientos. Esa mujer no sólo era perfecta, además era una bomba sexual. La abrazó con fuerza. Le parecía que su calor era perfecto. Disfrutó de su preciosa visión durante largo rato hasta que ella se movió con erotismo adormilado y Nico comenzó a sentir como su virilidad comenzaba a crecer nuevamente.

—Su... te necesito —. Su voz resultó ser una tímida petición.

Susy abrió los ojos y se apretó aún más al cuerpo de su chico notando como Nico estaba listo para otro combate. La mujer le sonrió y él fue todo el permiso que necesitó. Rodó sobre su cuerpo y estiró la mano sobre la mesilla.

Susy sintió el chasquido de un envoltorio al romperse y al minuto siguiente notar la presión de su miembro intentando entrar en su cuerpo. Ella estaba húmeda y lo recibió con gemidos de pasión hasta sentirlo entrar hasta lo más profundo de su cuerpo.

—Dios... estás tan caliente y tan húmeda...

Nico se movía con lentitud disfrutando de las dulces sensaciones que le regalaba su vagina al envolverlo con ferocidad.

—Cariño... sí...

El hombre murmuraba mientras Susy sentía como su cuerpo respondía de forma desesperada a cada una de las caricias de su hombre. El frenesí la dominaron y no fue capaz de esperar, necesitaba devorarlo, quería llevarlo dentro de su cuerpo y raptarlo sólo para ella.

Con mucho de pasión y poco de vergüenza, levantó sus piernas para apoyarlas sobre los hombros de Nico y él la sostuvo con fuerza por los tobillos mientras la embestía con descontrol puramente masculino.

Susy echó la cabeza hacia atrás y pudo sentir como su orgasmo estaba a punto de alcanzarla. Levantó las caderas para permitirle mayor acceso y Nico gruñó descontrolado.

—Por favor... Me matas... Me vuelves loco...

Esas palabras fueron las últimas antes de sentir como los espasmos la dominaban y su vagina comenzó a mordisquear el pene de un Nico que juró entre dientes mientras se derramaba con la misma intensidad que ella.

—Dios...

Su cuerpo cayó desplomado y ella acarició su espalda desnuda y con los tobillos aún sujetos en sus hombros. Susy se movió debajo intentando bajar sus piernas doloridas pero al mover sus caderas se sintió osada y las levantó con malicia.

—Vas a matarme...

Susy sonrió divertida y él se incorporó con cuidado y sacando su miembro de la dulce prisión, se deshizo del látex y se volvió a recostar sobre su cuerpo y comenzó a besarla con delicadeza. Sus bocas chocaban con dulzura y sus lenguas se recorrieron sin descanso.

La mujer notó como su pene comenzaba a despertarse nuevamente y contestó graciosa.

—No se suponía que estabas muriendo...

—Sí, la mejor de las muertes.

Sus bocas se entrelazaron y ambos disfrutaron de los besos nocturnos.

Esa noche sus cuerpos se fundieron con frenesí y sin descanso. Encontraron el sueño a altas horas de la madrugada y ambos comprendieron el significado de hacer el amor.

El cansancio los dejó entrelazados en una habitación a oscuras en donde sólo se escuchaba la respiración de dos cuerpos agotados por la pasión y la sonrisa de un Cupido feliz.

—Buenos días, preciosa —. Nico no dejaba de acariciarle el cabello.

—Buenos días —. Respondió somnolienta.

—¿Cómo estás?

—Con hambre.

—Cariño, sinceramente no creo que me haya recuperado pero puedo intentarlo —. Y sin más se puso encima de ella.

Susy rió a carcajadas.

—Nico para. Me refería al desayuno.

—¿Estás segura? Porque creo que si me das unos minutos…

—Estoy segura — . No quería reconocerlo pero también estaba bastante cansada. La noche había sido muy, pero que muy agitada.

—¿Puedo ducharme?

—Por supuesto. Encontrarás todo lo que necesitas en el baño. Mientras te duchas voy a preparar un brunch con tortitas y huevos revueltos. ¿Te apetece?

—Me parece genial — . Nico apretó su brazo y tiró de ella antes que terminara de girarse en dirección al baño.

—Mi vida, me parece que ese baño va a tener que esperar un ratito más —y mordiendo su cuello suspiró— creo que ya estoy recuperado...

El ratito resultó ser otra hora de completa y maravillosa actividad, pensó Susy mientras secaba su pelo.

¿Cuánto tiempo llevaba sin sexo? Oscar y ella siempre estaban o cansados o discutiendo. Al vestirse notó las marcas que Nico había dejado en sus pechos y sonrió.

«Definitivamente hace mucho que no tengo sexo, ni caricias, ni besos, ni deseo».

Oscar llevaba meses sin responder y con suerte pronto estarían legalmente separados. El tiempo le hizo entender que un hijo y la opinión de la familia no eran motivos suficientes para intentar permanecer en un matrimonio tan destruido como el suyo. Ese matrimonio estaba quemado y sólo quedaban cenizas. Ahora era capaz de verlo.

«Con un poco de ayuda», y pensando en Nico, salió del baño feliz y con los pensamientos más que claros.

Merecía ser feliz. Merecía sentirse deseada. Quería ser nuevamente una mujer.

—Me puse una camiseta que encontré en tu habitación. Espero no te moleste —. Le sonrió de oreja a oreja.

«¿Molestar? ¡Por favor!”. Ella tenía el pelo húmedo que caía sobre sus hombros. La camiseta le cubría sólo una parte de sus piernas dejando la mitad de los muslos y las pantorrillas al descubierto. Era una imagen gloriosa».

—Cariño, creo que esa camiseta va a estar siempre en mi cajón. Quiero que te la pongas sólo para mí —. Y la enlazó en un abrazo —. Es mejor que nos pongamos a desayunar antes que vuelva a lanzarme sobre ti y nos tomemos otro ratito.

—Es imposible —. Susy sonrió divertida —. Tienes que estar medio muerto.

—¿Quieres que te lo demuestre? — Y cuando la estaba estrechando por la cintura fue interrumpido.

—¿Qué fue eso?

—El timbre...— Nico continuaba besándola.

—¿Esperas a alguien?

—Que yo sepa no —. Siguió acariciando su cuerpo mientras la besaba.

—¿No deberías abrir?

Antes que pudiera terminar de hablar, un hombre alto atravesó el portal y entró sin más.

—Por fin apareces. La pobre Gloria está desesperada buscándote. Necesita los contratos del caso Instatad y… ¿Susy?

—Hola Albert.

—Pensé que estabas sólo —. Comentó avergonzado al ver la situación que interrumpía.

—Ya ves que no.

Albert lo miró entre sorprendido y curioso. Nico nunca llevaba mujeres a su casa. Nunca. Siempre se las arreglaba de otras formas. Su casa era su santuario y nadie más que la familia tenía permiso para entrar.

—Mejor me voy a cambiar —. Contestó acalorada por ser descubierta con tan poca ropa

—No hace falta. Acompáñame al despacho, te entrego los documentos y te largas.

Con los músculos en tensión por la rabia de la interrupción, Nico se dirigió a la otra sala seguido de cerca por su hermano. Cuando se encontraron solos Albert gritó anonadado.

—Ella está aquí. ¡Aquí! ¿En tu casa?

—Que agudo que eres hermano. ¿Lo aprendiste solito o es genético?

—¡No seas Idiota! Sabes perfectamente lo que quiero decir. ¿La has traído aquí, a tu casa? Tu santuario libre de ligues.

—Ella no es un ligue.

—No, ya veo que no.

—¿Y ella que opina?

—¿Sobre qué?

—Tus sentimientos.

—No lo hemos hablado.

—Hermano, ella acaba de separarse. Tiene una historia fuerte detrás, deberías…

—Toma tus contratos y vete — . Nico se negó a seguir escuchando.

—Está bien pero ten cuidado.

116

—¡No creo que vaya a asesinarme mientras duermo! —Refunfuñó entre dientes.

—No, pero estás enamorado y eso puede doler mucho.

—¿Por qué me dices esto? Parece que te molesta.

Nico cayó en la butaca de su escritorio agobiado por los temores. Albert le presionó el hombro para demostrarle que estaba a su lado.

—Nico, soy tu hermano mayor y te quiero. No vuelvas a decir una tontería como esa. Lo único que quiero decir, es que se nota que estás enganchado de pies y manos a esa mujer, y debido a que ella tiene la historia que tiene, deberás emplearte a fondo en la conquista. Deberás persistir y no darle tregua. Tienes que demostrarle que el amor verdadero y respetuoso existe, y que tú eres capaz de dárselo.

Nico lo miró por primera vez con cierto atisbo de vergüenza.

—Susy no será una conquista fácil y deberás emplearte a fondo. Confío en ti ¿y sabes algo? Ella me gusta. Ve a por esa mujer con paso firme. Conquístala como sólo tú sabes porque la quiero en nuestra familia y a ver si cambias esa cara de tonto que se te pone al verla.

Albert le abrazó y le dio un par de palmadas en la espalda más fuertes de lo normal y Nico rió mientras se alejaba.

—Y por cierto ¿qué tal la noche? Habrás dejado el apellido de la familia en buen lugar —. Albert se estaba burlando descaradamente. Entre ellos ningún enfado duró nunca más de diez minutos.

—No pienso hablar.

—Entonces se lo preguntaré a ella —. Y se encaminó al salón.

—¡Albert!

—Hasta luego Susy. Espero verte pronto —. Y sin más se fue dejando un objetivo muy claro para Nico.

"Trae a esa mujer a nuestra familia".

Nico sonrió. Susy era magnífica. Le había llegado a las entrañas y podía ver en él al hombre más allá de lo material. Ninguna antes pudo siquiera conocer sus gustos más simples. Él también quería a Susy en su vida y usaría todas las armas que tuviera a su alcance. La deseaba demasiado para pensar en perderla.

—¿Pero qué haces? — Nico la recostó descaradamente en el sofá mientras le quitaba la camiseta.

—Aún no he desayunado y me muero de hambre…

Castillo de naipes

Un mes. Llevaban un mes juntos. Pensó Susy
mientras acomodaba el rebelde mechón de Nico recostado
en el sofá.

—¿Te dije lo mucho que me gusta que hagas eso?

—¿Peinarte? No —. Contestó divertida.

—Eres una pequeña mentirosa. Pero te lo voy a
repetir. Me encanta que me acaricies. Me encanta tenerte
entre mis brazos disfrutando del olor de tu pelo, de la
suavidad de tu piel. Me encanta que llueva y saber que soy
feliz simplemente viendo la tele contigo a mi lado.

—Eso es muy bonito.

— Te amo —. Las palabras salieron sin pensarlo.
En su mente cuando hacían el amor, se las decía en silencio
pero su corazón ya no podía callarlo. Su amor era
demasiado real como para seguir callando. Ella se quedó sin
palabras. No era la reacción que Nico esperaba pero intentó
ser sincero. Ahora no era momento de echarse atrás.

—Su. Te amo. Siempre creí que esto no me pasaría
a mí pero aquí estoy reconociendo que te amo. Te quiero en
mi vida. Te necesito. Tú me has dado algo que nunca tuve.

—Eso es…

—Quiero despertar, quiero trabajar y quiero vivir
porque sé que tú estás aquí para esperarme. Quiero amarte.

—Tengo miedo...

—¿De mí? ¿Qué te asusta?

—Yo… yo no puedo...

—Dilo por favor. Su… —Nico estaba nervioso,
apenas susurraba —. Dime lo que sientes… por favor

—También me enamoré —. Susurró casi en
silencio.

Nico no escuchó nada más. se abalanzó sobre ella para comerla a besos. Ella lo quería. Ella le confesaba sus sentimientos, el cielo podía caerse. No importaba. Ella lo quería a él. Sólo a él.

—Otra vez — .Nico no podía casi respirar mientras no cesaba de mordisquearla.

—Te quiero —. Confirmó más para ella que para él.

—Mi vida, me matas. Me vuelves loco. Te quiero toda para mí —. Se disponía a llevarla a la cama cuando el teléfono sonó y ella contestó sonriente.

—Hola nena, ¿qué tal?

—Qué quieres —. La sonrisa se le borró de su cara.

—¿Pensaste que firmaría esos estúpidos papeles del divorcio que me envió tu abogado?

—¡Tienes que firmarlos!

—Nena. Soy tu marido y sabes que tú y yo siempre estaremos juntos.

—Me fuiste infiel. Estoy harta de tus mentiras y manipulaciones. No te quiero en mi vida.

—Nena, he cambiado. Tenemos un hijo. Tenemos que hablar.

—¿Ahora? ¿Cuánto hace que desapareciste? ¡Cuánto hace que no sabemos nada de ti! ¿Qué pasó con esa mujer que te tenía tan confundido?

—Eso ya se terminó —. Contestó en voz baja.

—Pues lo siento. No me importa

—Nena, tenemos que hablar. No puedes negarme eso. Susy por favor, si no es por mí hazlo por el bien de nuestro hijo. ¿Estás en casa? Voy para allí ahora mismo.

—¡No! Mejor en el bar de la Plaza —. No podría soportar el enfrentamiento entre Nico y su ex.

—Pero nena…

—En el bar o nada.

120

—Está bien, nos vemos en el bar. Susy espera, no cortes.

—Que quieres.

—Te quiero y te echo de menos.

Susy cortó y arrojó el teléfono con furia al suelo.

No pudo seguir escuchando.

«Que la quería. Que la había echado de menos. Pero ¿qué clase de hombre era? Después de no dar señales de vida durante meses ahora aparecía diciendo que la quería. ¿Y qué sería lo siguiente? ¿Conseguir un nuevo perdón?»

—Era él —. No fue una pregunta.

«Oh Dios, Nico». Tan absorta en sus pensamientos se había olvidado que él estaba allí.

—Sí.

—¿Vas a verlo?

—Nico, entiende, por favor. Tenemos que hablar.

—¿Por qué?

—Quiere verme.

—Eso ya lo imagino —. Nico estaba tenso. La vena del cuello estaba a punto de explotar —. Tienes un abogado.

—Nico por favor, se lo debo.

—¡No! Maldita sea. ¡No! No le debes nada. Te engañó durante años. Se fue. Desapareció con otra, no le debes nada. ¿Qué quiere, pedirte perdón y decirte que lo siente y volver como si nada?

—Por favor Nico, tenemos un hijo.

—Al que también abandonó.

—Nico por favor. Sólo vamos a hablar —. Susy intentó acercarse pero él no se lo permitió. Agarró su chaqueta con fuerza. Estaba furioso y los celos lo estaban consumiendo.

—Tienes una cita y no quiero molestar. Querrás arreglarte, será mejor que me vaya.

—No digas eso. No es una cita.

—¿Y cómo es? Estás conmigo, te confieso que te quiero, que muero por ti, que quiero darte todo el amor del que un hombre enamorado es capaz y tú te vas con él porque le debes ¡quién sabe qué mierda! Será mejor que me vaya, no sea que llegues tarde.

—Nico…— Él no miró atrás, simplemente habló dándole la espalda.

—¿Quieres que mañana te llame?

—Por favor —. Suplicó nerviosa.

Nico asintió con la cabeza y se fue. Susy se sentó en el sofá y lloró desconsoladamente. Lloró porque sintió que su mundo se derrumbaba otra vez. Oscar había aparecido como si nada. Y quería volver. Seguro que sí. Eso era lo que él siempre hacía. La traicionaba, pedía perdón, decía que la quería y todo arreglado.

Pero esta vez no era como siempre, Nico estaba en su vida. Él acababa de confesarle que la quería y ella había quedado con su ex sin pensar en él ni en sus sentimientos. ¿Pero qué podía hacer? Oscar era el padre de su hijo. Debía por lo menos escucharlo. Si todo era tan lógico, entonces porque se sentía tan mal. Su corazón quería correr e ir a buscar a Nico. Abrazarlo, pedirle perdón y decirle que ella también lo amaba. Confesarle que sólo con él era feliz. Cuando la amaba era capaz de sentir las nubes flotar a su alrededor.

«Lo lastimé». Lo notó en su mirada. Parecía un lobo herido. Muy herido. Susy lloró más fuerte. Había lastimado a quien menos se lo merecía y ella era la culpable.

—Uf, es grave

—¡Qué dices!

—En el bar de papá, con las luces apagadas. Los ojos cristalinos de, ¿tres vodkas?

—Seis.

—¿Qué pasó? —Albert se sentó en el sofá ubicado frente a su hermano.

—Ella está con él.

—¡Cómo! ¿Volvió con su ex?

—No. Están hablando en una cafetería. Él no quiere firmar los papeles. Quiere verla.

—¡Ah, por favor! Casi me matas del susto. Bueno, eso parece relativamente normal.

—¡Normal! Que dices. Te digo que ella está con él, hablando de quien sabe que mierdas y te parece ¡normal!

—Bueno Nico, aunque tus celos no te dejen pensar claramente, debes entender que es su ex, tienen un hijo, tiene su lógica que hablen.

—¿Pero de qué? Y si le pide volver… — Nico cayó derrumbado en el sofá —. Ella estaba conmigo. Acurrucados en el sillón. Le dije que la quería... Estábamos a punto de hacer el amor y me dejó. Me dejó para verse con él...

Nico apuró el resto de lo que quedaba en la copa. Estaba por servirse otra cuando Albert lo detuvo.

—Hermano detente. Vamos a tu cuarto. Estás haciendo un mundo de una tontería. Las parejas cuando terminan tienen mucho de qué hablar.

—No. ¡Quiero otra copa!

—Estás demasiado borracho como para sostener el vaso. Apóyate en mi hombro que te llevo a tu cuarto.

—No. Me voy a mi casa.

—De eso nada. Papá estará encantado de verte en tu habitación de pequeño. Vamos.

—Albert...

—¿Sí?

—Se lo dije. Le dije que la amaba. Que la quería más allá de la razón —. Su voz apenas era audible entre la tristeza y la borrachera.

—Ya veo.

—Dijo que me quería. ¡Albert! Me dijo que me quería pero se fue con él.

—Nico, no se fue con él —. «Eso espero», pensó para sí mismo.

—¿Crees que él quiera volver con ella?

—No lo sé pero lo único que importa es que ella no quiera volver con él. Y para ello debes estar fresco. Hermano, debes estar más fuerte que nunca ¿me entiendes? Lucha por la mujer que amas. Demuéstrale la diferencia entre un hombre como tú y una cucaracha mentirosa como él. Lucha por tu amor verdadero. La muerte me arrebató lo que más quería y contra eso no se puede pelear. Pero tú sí puedes. Descansa que mañana ella te necesitará. Recuéstate en la cama y descansa. Nico pareció caer dormido antes de llegar a tocar el colchón pero antes de que Albert cerrara la puerta, escuchó a su hermano llamarlo.

—Albert.

—Dime.

—Gracias.

—De nada. Tú te lo mereces —y cerró la puerta esperando que el tiempo corriera a favor de Nico.

Somos un matrimonio

—Hola nena.

—¿Puedes dejar de llamarme así? Me repugna.

—Antes te gustaba.

—Eso era antes. Dime lo que quieras decirme y vete. Tengo cosas que hacer.

—Pareces apurada. ¿Te esperan? ¿Es por el rubito?

—Lo que hago con mi vida no te importa —. «¿Cómo lo sabe?» —Firma los papeles y terminemos con esto —. Estaba furiosa.

—No nena, me parece que no va a ser tan fácil.

—¿Qué dices?

—Susy somos un matrimonio. Tenemos un hijo y eso no lo vas a cambiar.

—¡Desgraciado! Me engañaste tantas veces como has podido ¿y ahora me hablas del matrimonio y la familia?

—Nena… Perdón, Susy. Los hombres a veces picamos en diferentes flores, es algo que no podemos evitar pero yo te quiero. Tenemos una vida en común. No puedes arrojar todo por la borda.

—¡Yo!... Pero si has sido tú, con tus continuas infidelidades, mentiras y triquiñuelas que machacaste todo el amor que algún día sentí por ti.

—Podemos volver a empezar. Está bien, yo reconozco mi culpa pero también debes entender que con tus aires de melancolía, tu ropa de mercadillo y siempre corriendo por el niño, no eras exactamente una "bomba erótica" para mis sentidos. Soy un hombre Susy. Necesitaba otras cosas —y la miró perverso—. ¿Y parece que has cambiado...?

—¿Bomba erótica? Eres un desgraciado. Es bastante difícil ser una Sex Bomb cuando llevas sin parar casi veinte horas al día y encima tu pareja no te lo reconozca. ¡Pero que digo! Ahora resulta ser que tus infidelidades y mentiras, ¿son mi culpa por no ser una puta en la cama?

—Yo no digo eso, pero la verdad es que eras bastante sosa. En cambio ahora parece que tienes un brillo diferente.

—Me voy. No pienso seguir escuchando estupideces.

—No Nena. De eso nada. Eres mi mujer y así va a seguir siendo. Avisa a ese guaperas rubio que se olvide de ti.

—¿Qué? Estás tonto.

—Susy por favor, no creerás que le gustas de verdad. Él sólo quiero divertirse un rato. Ya sabes, echar un polvo con una mujer experimentada.

Susy sentía que se iba a desmayar.

—¿Por qué me haces esto? ¿Qué buscas?

—Quiero volver a casa. Quiero criar a nuestro hijo juntos. Quiero que sigas siendo mi mujer.

—¿Por qué? Tú no me quieres.

— Nena, te quiero. Lo juro. A mi manera te quiero. Ya verás que todo será como antes.

—¡No! No quiero que sea como antes. No quiero volver a esa vida nunca más.

—Es por ese rubito tonto. No razonas, ¿te lo hace tan bien? —Susy no dejó terminar la frase cuando le estampó una bofetada en plena cara.

Oscar no se amedrentó y apretándola de la muñeca con toda la intención de lastimarla le habló feroz.

—Nena eres mi esposa. Eres "Mi mujer" y no vas a estar con nadie más. Te guste o no.

—No puedes obligarme. Me voy.

—Nena ¿te suena el nombre de Fernando?

Susy se dio la vuelta como un resorte a punto de saltar.

—¡Qué tiene que ver nuestro hijo!

—Todo nena, todo. O vuelves conmigo o con Fernando pueden pasar muchas cosas y no buenas.

—Estás loco —. Su voz apenas era audible.

—Piénsalo bien. Puedo llevármelo y no volverás a verlo. Te lo quitaré. Lo sacaré del país y sufriría hasta caer enfermo de tristeza pero no sabrás jamás donde está.

—Oscar, por favor... —Susy volvió a sentarse —. No serias capaz. Tú no harías eso. Es tu hijo…

—Nena —. Oscar se acercó de lo más cariñoso intentando rodearla con los brazos —. Yo os quiero a los dos y lo sabes. No quiero hacerte daño. Sólo quiero otra oportunidad. Somos un matrimonio, una familia y estás herida por todo lo que pasó pero debes entender que los hombres tenemos esos desliceces pero queremos a nuestras mujeres. Y tú, eres mi mujer —. Y la besó en la cima de la cabeza.

—Por favor Oscar. No me hagas esto. Fernando es tu hijo.

—Tú eres su madre. Tú eliges. Su bienestar y nuestra familia feliz a cambio de olvidarte de un hombre que apenas conoces o la desgracia para todos. Nena, no hay mucho que pensar

—No…

—Te doy dos días. En dos días estaré en casa otra vez y tú serás mi esposa. Y por supuesto nada de amantes, nena, no querrás que me enfade. Por el bien de nuestro hijo, no te lo aconsejo.

No puede ser el fin

Allí estaba plantada como un poste esperando a Nico.

La relación de ella y Oscar estaba rota desde años atrás. Sus amigos se lo habían dicho una y mil veces pero ella se negó a aceptarlo. No fue hasta que lo vio otra vez, esa mirada turbia, ese falso pedir perdón, cuando la venda cayó para mostrarle la verdad sobre su marido.

Oscar se creía superior a Susy, guapo, con estudios, una vida empresarial y ella era tan… tan… Susy.

¿Qué podía hacer? La amenazó con su hijo. Su hijo. Lo único verdaderamente suyo. No podía arriesgarse. Tenía que hablar con Nico y romper con él.

Nico. ¿Cómo podría vivir sin él? Tenía la capacidad de hacerla reír sin sentirse culpable. Él era la calma y el reposo. Nico le había mostrado lo que era amar de verdad, sin condiciones, sólo amor. Y por Dios, ella lo amaba tanto que el alma le dolía. ¿De dónde sacaría las fuerzas para abandonarlo?

No podía darle ninguna explicación. Él mataría a Oscar si supiera la verdad de las amenazas a su hijo, incluso podría empeorar las cosas aún más. Su hijo estaba en juego y ella no estaba dispuesta a jugar.

«Ser fuerte. La historia de mi vida».

Nico merecía estar con alguien que lo amara y no le llenara su vida de problemas como lo hacía ella pero dolía tanto el pensar que ya no estaría nunca más rodeada entre sus brazos. Ya no harían el amor con el único sonido de sus labios besándose en la oscuridad. Sus cuerpos entrelazados esperando el amanecer. Esos desayunos llenos de risas y juegos.

«¡Dios mío como voy a seguir adelante!» El timbre. Es la hora.

—Hola —. No pudo decir más.

—Hola —. «Está nerviosa pero es normal».

Él se había comportado como un tonto celoso. Albert tenía razón. Tenía que disculparse.

—Su, mi vida, siento mucho como me fui ayer —. Y la envolvió en sus brazos —me porté como un tonto celoso. Yo entiendo que es tu ex y que tenéis un hijo en común —. Comenzó a besarle el cuello —pero te quiero tanto... Me moría sólo de pensar que pudieras olvidarte de mi.

—Eso nunca —. Contestó entre lágrimas.

—Lo sé mi amor. Soy un tonto. Los celos no me dejaron ver, pero después, cuando estuve en casa y pude recapacitar, fui capaz de razonar. Anoche en mi cama, no dejaba de pensar en tu olor al hacer el amor, tu piel desnuda cuando me pides que te ame, tus uñas enganchadas a mi espalda suplicando más, tus ojos diciendo que eres mía. Perdóname soy y un tonto, ¿me perdonas? —Y comenzó a desabrocharle el vestido.

—Por favor, espera.

—¿Qué pasa? —Nico enfocó su mirada en ella y no le gustó lo que veía. Ella no paraba de llorar. Algo no iba bien.

—¿Por qué lloras?

—Nico, en primer lugar quiero decirte que todo lo que has dicho es verdad. Te amo como nunca creí amar a nadie, eres el único hombre que me hace sentir una mujer de verdad y…

—Pero…— Nico temblaba.

130

—Nico. Yo... Tengo una obligación que…

—Volver —. Él terminó por ella —. ¿Le quieres? ¿Le perdonas todo? ¡Todo!

—Nico, debo…

—¡No, No, No debes! Lo haces porque quieres. Porque eres incapaz de luchar por ti misma. No te atreves a enfrentarte al pasado. Nosotros somos futuro —. Nico caminaba descontrolado —. Pero claro, tú no quieres arriesgarte. No eres capaz de luchar por mi ni por lo que sentimos. Prefieres la comodidad a tener que enfrentarlo. Prefieres seguir como estabas ¿no? Es la postura más cómoda.

Nico sentía su corazón se encontraba al punto del infarto. Su sangre corría por las venas a mil por hora. Esto no podía ser verdad. Esto no era real.

—Nico —. Ella intentó acercarse pero él la rechazó.

—No me toques —. «o no podré dejarte» — sus palabras salían en susurros de sollozos —. ¿Por qué, por qué nos haces esto? Seremos dos desgraciados. Lo sabes, ¿no?

Susy intentó ser fuerte y contestar segura.

—Perdóname. Debo darle otra oportunidad. Lo siento —. No podía explicar las amenazas de su ex.

—Yo también lo siento.

Nico se dio vuelta para marcharse cuando ella cayó sin fuerzas en la silla y habló con pena en el alma.

—Por favor, no me odies…—Susy era un mar de lágrimas incontenibles.

—¿Y cómo se hace eso? Me destrozas el corazón en pequeños pedazos, los tiras al basurero y yo sin embargo sigo amándote. Odiarte, ojalá supiera como hacerlo.

Nico se fue cerrando la puerta y sabiendo que detrás dejaba su corazón, su alma y al único amor de su vida.

Epílogo

—Susy no seas petarda. Vístete que nos vamos de compras.

—Yoli te agradezco pero de verdad que no me apetece.

—Por favor Susy, hace tres semanas que no sales de éste cuchitril. Cariño, necesitas tomar el aire. Tienes que seguir adelante

Su amiga tenía razón. Llevaba días enteros sin casi comer y sin salir de su casa.

—Está bien. Voy a vestirme. Una vuelta rápida y regresamos.

El timbre sonaba descontrolado.

—¿Y ahora qué? Ya abro. ¡Ya abro!

Yoli abrió la puerta y Mía entró como un torbellino que lo arrasaba todo. Tenía los ojos totalmente desencajados y el cuerpo le temblaba.

—¡Se puede saber qué te pasa! Casi me dejas sorda con tanto timbre.

—¿Dónde? ¿Dónde está? — Las palabras no le salían. Le faltaba el aire.

—Chiquilla, ¿has venido corriendo? Espera, respira profundo. ¿Qué pasa?

—Susy. ¿Dónde? ¡Susy!

—Aquí estoy. ¿Se puede saber qué te pasa? Estás al borde del colapso.

—Las noticias. Pon las noticias.

Nepal ha sido sacudida por un terremoto que se calcula de unos 7,9 en la escala Richter. Se creen que las consecuencias en el campo base del Everest son desastrosas. La cifra de muertos por ahora es incalculable…

133

Susy miraba a Mía intentando comprender algo. Respirando profundamente su amiga se explicó.

—Cuando lo dejaste estaba tan destrozado que quiso poner distancia y se apuntó con unos amigos de escalada. Al Nepal.

—¡Nico!

Fue lo único que pudo pronunciar antes de caer desmayada en el frío de la oscuridad.

###

46970142R00080

Made in the USA
Middletown, DE
03 June 2019